龍仔尾・貓

蔣勳

2021 隔離期間畫縱谷風景

蔣勳《縱谷秋晴》

2021 | 油彩畫布 | 122×244 cm

目次

自己的桃花源。

從一個小小的點開始，有一天會真正認識真實的縱谷吧……

從一個小小的點開始，有一天可以認識更真實的島嶼。

【自序】

海岸山脈

二〇一四年，在池上駐村後，好幾年的時間，經常搭乘花東線火車，來往於池上台北之間。

火車上三個多小時，那是最享受的時刻，安靜地看山看雲看溪流和田野，無所事事，相看兩不厭，一無罣礙。

海岸山脈和中央山脈中間，有一條長長的南北向的縱谷，池上就在縱谷台東縣界的北端。

因為中央山脈的阻隔，縱谷像是被西岸繁華都會遺忘的地方。很長時間，沒有特別被關心。那些小小的像廢棄般的火車月台，東里、瑞源，好像還留在昭和時代，漫長的被遺忘的縱谷。

火車穿行在花東縱谷之間，看到兩邊都是連綿不斷的山脈，一邊是海岸山脈，一邊是中央山脈。那幾年，耽溺在火車沿線的風景中。

或許，中央山脈、海岸山脈也只是籠統的說法。如果從高空俯瞰，中央山脈雄強壯大，有清楚的輪廓。

然而，海岸這邊，可以看到不只一層山脈。海岸山脈延續著太平洋的波浪，第一波，第二波，波和波之間，就是縱谷，所以，也不只一條縱谷。

地質上有一種說法，是菲律賓板塊和歐亞大陸板塊擠壓，造成山脈隆起。但是，我從空中看，又覺得是浪濤的靜止，一層一層，像液體的岩漿固定成山脈骨骼。

還有一種說法，島嶼其實在漂流，許多台灣東部外海的小島，在數十萬年間，陸續漂流，靠攏到台灣東部，形成海岸山脈。

地質的計算，常常是數十萬年，數百萬年，所以短視的文明，很難關心。我們很難理解地質的時間，五十萬年，只是一瞬。

天氣晴朗的時候，站在都蘭山下，會看到東方非常清晰的綠島。查一下地質的解釋，這個島嶼在地殼擠壓下移動，「每年以八公分速度移動，移向台東」，誰會在意每年八公分的改變呢？然而，地質研究告訴我們「五十萬年」後，綠島就會和台灣東部連結。

距離更遠一點的蘭嶼，每年也在以八公分速度旋轉，一百二十萬年後，也會與海岸山脈連結。

我此刻觀看的海岸山脈，也只是它在漫長歲月裡一個暫時的容貌？

五十萬年，一百二十萬年，都只是宇宙中的一瞬，海岸山脈在改變，台灣東部會出現一條新的縱谷嗎？

五十萬年，一百二十萬年，我們的身體會在哪裡？我們今日錙錙銖銖計較的事，還有任何記憶的意義嗎？

縱谷，首先是島嶼的地質，島嶼的自然，然後，才是人的歷史。

阿美族卑南族，坐在海岸邊眺望東方三十三公里外海的綠島，命名「Sanasay」或「Sanasan」，發音很類似；但是達悟族從蘭嶼往西邊觀看，綠島是「Jitanasey」。同一個島嶼，有很不一樣的名字。我們思維意識，來自立場、角度，同樣一個綠島，從東邊看，從西邊看，各自有不同角度，也有不同的名稱。

山的稜線像靜止的波浪

也許，我們都像是寓言裡的盲人，摸著一頭大象，摸到不同局部，各自有各自不同的解釋。

我們如果偏執自己的解釋，偏執自己摸到的局部，以為是全貌，其實，就離真相愈來愈遠。

盲人或許可以交換各自摸到的局部，提供一個接近「真象」的輪廓。但是，盲人通常只堅持自己摸到的局部是正確的，別人都是錯誤的。

是的，五十萬年太長了，一百二十萬年太長了，短視的文明，迫不及待，不斷爭吵對立，也就離真相愈來愈遠。

所以，我想用多一點點角度看縱谷。從池上、富里看海岸山脈，也從長濱海邊看海岸山脈，空間不同，會看到不一樣的面貌。

同樣地，時間不同，五十萬年前，五十萬年後，海岸山脈也有不同的容貌。

什麼叫做「真實」？

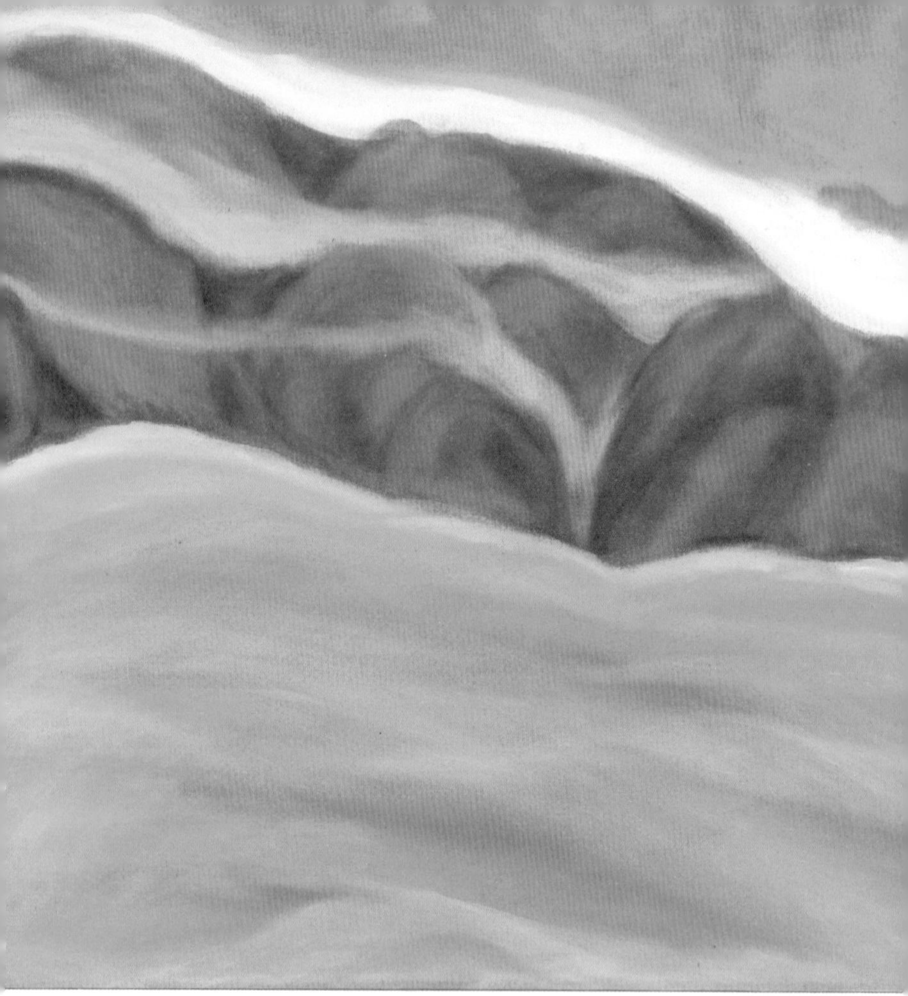

有時從縱谷玉里走玉長公路到長濱看海

蔣勳《長濱》

2022 | 油彩畫布 | 60×120 cm

縱谷

從高空俯瞰，一條南北向的縱谷，依傍著大河，形成一個接一個村莊。主要的縱谷，沿著一條寬闊溪流。但是，這一條溪流，旁邊還有很多分支，容納了東西兩邊山脈流洩下來的水流，像人體主動脈旁許多分支的小血管。

高空俯瞰兩條山脈間的縱谷

瑞穗一帶，秀姑巒溪是縱谷平原重要的灌溉水源。但是，從高處俯瞰，秀姑巒溪還有好多分支，秀姑巒溪上游可以找到樂庫樂庫溪，這是發源於秀姑巒山的重要溪流，這條溪流到玉里安通才匯入秀姑巒溪。受海岸山脈阻擋，秀姑巒溪折向北流，要一直北行到瑞穗附近，才找到出口，穿過海岸山脈，在靜浦流入太平洋。

秀姑巒溪的分支，西面的樂庫樂庫溪、磨仔溪、石平溪、萬朝溪、卓溪……，東面的分支更多，安通溪、阿眉溪、崙天溪、大波溪……多達二十條左右。

每一條分支，都有他們的名字，每一條分支，都是一個可以走進去的谿谷。我很想一一走進那些谿谷，知道它們的名字，了解他們的生態，可以離開人煙稠密的縱谷，往東，往西，探訪幽深的山谷，探訪他們在大山間的源頭，了解每一條水文在縱谷兩邊的布局。

走進縱谷兩旁的分支峽谷，跟著新武呂溪的流向上溯，一直走到初來大橋下，看新武呂溪和卑南溪交匯。再沿著新武呂溪進入南橫的山裡，到霧鹿，到更深的山裡，看溪流千折百迴的峽谷，知道它如何帶著大山最豐沛的飽含礦物質的水源，最後進入池上，灌溉了萬安一片美麗富饒的稻田。

每一條小溪，匯聚成縱谷的大河，形成南北向的一段，我們說的「縱谷」，一百八十公里長，東西都有源頭，我們在池上、關山、鹿野看到的縱谷，也只是暫時的面貌。由千山裡萬條水流匯聚，形成這條大溪流，我們叫秀姑巒溪，或卑南溪，最後，告別千山萬水，向東流入汪洋的波濤。

大地像人的身體，古老傳說裡，盤古倒下，他的肉體、骨骼隆起成山脈丘嶺，血管就流成源源不竭的長河，毛髮成為森林、草原。

我總覺得，盤古最後的呼吸是縱谷的風，夏天從南方吹來，帶著濕熱的雲霧，冬季改為東北季風，穿過長廊一樣的長長縱谷，讓縱谷刺骨寒冷。

有好幾年的時間，我透過不同方向的車窗，看縱谷外面的山脈溪流，春天青草青青，秋天是一片白茫茫的芒花，看山嶺上雲嵐繚繞。車窗玻璃上有窗外的大山大溪的風景，車窗上也有我自己的容顏，隨光影迷離交疊變幻，我的臉和縱谷風景重疊著，縱谷像是車窗外熟悉又陌生的愛人。

我因此常常問朋友：「你知道縱谷嗎？」

回答多很籠統，和我知道的縱谷一樣表面。

我可以更具體開始認識縱谷嗎？每一座山，每一條水流，每一個最小的部落或村莊。一點一點開始，知道一條長長的縱谷，是很多具體的點組織而成。

原來籠統的「海岸山脈」，僅僅在富里一帶，可以更仔細認識赤柯山、六十石山、羅山。走進山脈，有一個一個值得慢慢了解的部落，六十石山上的「暗黑部落」，富里不只是「富里」，可以走近一點，看吉拉米代部落在山腰上墾殖的美麗梯田，山坡上的稻田、百年的水圳，一群愛那方土地的青年，他們甚至不說「縱谷」，不說「富里」，他們只說「吉拉米代」。

從一個小小的點開始，有一天會真正認識真實的縱谷吧……

從一個小小的點開始，有一天可以認識更真實的島嶼。

我在六十石山，認識小綠葉蟬咬過，有香氣的蜜香紅茶。很安靜的清晨的茶園，遊客還沒有來之前的金針花田。跟茶園主人閒聊，幫他剝除苦茶籽的外殼，剝了九個籮筐。主人說要送去長濱榨油。六個月後，我收到如同黃金一樣燦爛明亮的六瓶苦茶油。

茶園主人是一九五九年雲林八七水災遷移到這裡的受災戶第二代，他告訴我關於「雲閩」兩個字地名的意義。「雲林的閩南人」，那是超過六十年前的故事，已經沒有人關心了，歷史是什麼？如何關心每年八公分綠島的移動？

六十年，五十萬年，有任何存在的意義嗎？

我們口口聲聲說的島嶼歷史有更具體的內容嗎？

希望一點一點記錄書寫下我看到的縱谷的晨昏四季，溪流沿岸有拓墾的田地，一年兩期稻作，從插秧到收割，風

在雲閭山莊幫忙剝苦茶籽

景都不一樣。

有時候，偶然從台東坐飛機北返，從高空看縱谷，在雲朵之間，俯瞰兩條山脈間狹窄的縱谷。樸素平實的村落，那一個連結一個的小小村落，生活著世代勤懇勞動的人民，在大山腳下，在激流岸邊，一方一方整齊的田畦，他們的家，他們在那裡找到了自己安身立命的處所。

龍仔尾

所以，我能夠說的，只是龍仔尾。縱谷海岸山脈下一個小小的村落，地圖上不容易找到的一個地名。

龍仔尾在池上萬安靠海岸山脈的尾端，縱谷的邊緣，附近是大片新武呂溪沖積的沃野，開墾成很平坦廣闊的稻田。

我住在龍仔尾一處農舍，四周都是稻田，每天在庭院看海岸山脈，起伏如龍。龍的背脊，有崚嶒突起的丘嶺。丘嶺之間，時時有雲霧繚繞。清晨太陽從背脊稜線升起，旭日的光，斜斜照亮大片的稻田。有時候是新插的秧苗，稀稀疏疏，三三兩兩稚嫩的新綠，在晨曦中發亮。

一期稻作大約是立春前後插秧，有時候在舊曆新年後，有時候也趕在年前就插完秧，可以放一個長長的年假。

其實，龍仔尾的農民，過慣了傳統農耕辛勤的生活，不太習慣休息。現在大多農田已經機械化耕種，但是插完秧之後，還是看到許多農人在田裡，一步一步巡視稻列行

機械農業後龍仔尾仍有人手工補秧

距。他們叫做「補秧」，把倒下的秧苗扶正，邊緣機械遺漏的空間再補滿。

傳統農業像一種手工，一點一點，像是用手在大地上刺繡。「錦繡大地」這個古老的漢字成語，以前覺得是形容詞，在池上看農民補秧，除去稗草，用手捏碎土塊，知道眼前「錦繡」，的確是精緻手工，即使到了工業機械化的現代，龍仔尾農民依然用他們細緻手工錦繡他們的土地。

立春插秧，經過三月四月，五月中旬，到小滿芒種，已經授粉、抽穗，結成飽滿的稻穗穀粒，龍仔尾此時的風景已是一片金黃。太陽初生的清晨，像閃耀著光芒的黃金，燦爛奪目，海岸山脈的背脊也像飛龍在天，時時有午後的雲瀑飛揚宣洩而來。

初插的秧田，細細疏落的秧苗田裡積水很多，秧苗和秧苗間隙，倒映著龍仔尾一帶長龍一樣的山脈，潛伏騰揚，在湧動變幻的雲嵐裡，果然如一條龍的游動飛翔。

祖父和孫子最適合無事時說這條龍的故事，指點龍角龍頭龍鬚，張著大口，身上斑斕的龍鱗，張牙舞爪。慢慢到了龍尾，安靜下來，祖父就和孫子說起「龍仔尾」久遠久遠以前的傳說。

原來，龍還在眼前，雲煙飛瀑，活靈活現。

如果有故事，土地總是活著，山水活著，新武呂溪活著，海岸山脈活著，龍仔尾，依舊是龍的尾巴，旁邊護佑

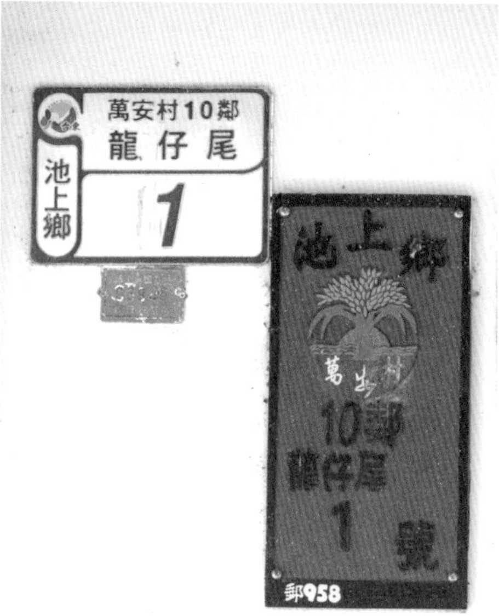

我的門牌

大片稻田，護佑十幾戶人家的小小村落。

我很想告訴朋友，我是龍仔尾居民，我的住處是——龍仔尾一號。

阻隔

海岸山脈，隔開了東部沿海和縱谷內陸。中央山脈，隔開了東部和西部的來往。

台灣不大，但也因為一些地理的特質，形成區隔。

北橫、南橫、中橫，都是艱鉅工程，試圖突破地理上的隔離。但是，地質險峻，山石時時崩塌，道路時斷時續。阻隔還是存在。

山脈是一種隔離，古代的旅行者，要攀登多少山脈，才能通過隔離，從一個地方，到另一個地方。

像張騫，或者蘇武，像羅馬的漢尼拔大將，像法顯，或者鳩摩羅什，像更晚一點的玄奘，他們要攀爬多少難以穿過的山脈？

像最早走在八通關古道上的登山者，像最早從台北盆地走到蘭陽平原的移民。

隔離，是一條山脈造成的嗎？還是我們心裡有巨大橫亙去除不掉的「隔離」？

人類的交通史，或許是一頁漫長的突破隔離的歷史。

卡爾維諾（Italo Calvino）在他書寫的《看不見的城市》（*Invisible Cities*），告知了一個旅行者，一步一步，突破隔離，看到真實的風景與人民。他向一個帝王敘述他一路看到的許許多多細節，然而，那個帝王，看著他統治下的帝國，只是一張空洞的地圖（應該叫它綠島，還是Sanasan？或者Jitanasey？）

坐在樹下讀《看不見的城市》，我慶幸自己可以旅行，不是看著一張地圖上標記的地名。

我可以用腳攀爬過一個一個山嶺，可以跋涉過一條一條溪流，可以踩過岩礁沙灘，可以坐在石梯坪看月昇之光，

中央山脈稜線上的晚雲

在海面閃耀；可以嗅聞龍仔尾縱谷收割前風裡的稻香，可以到鹿野鸞山聽白榕大樹上千百隻鳥雀的鳴叫；可以每個黃昏，走在舞樂群峰下，看落日一瞬間的變化；可以再往南走，渡過卑南溪，在卡大地布部落聽知本溪峽谷裡的風如哨音，懷念桑布伊的嘹亮歌聲。我可以背著背包，行囊簡單，遊走於這個島嶼的許多地方。

阻隔，隔離，不只是面前山脈橫亙；阻隔、隔離，不只是面前大海阻隔橫亙。

一片大西洋，曾經如何隔離了歐洲文明對外面世界的認識？

一四九二年被歷史標誌為偉大的年代，十月十二日，哥倫布「發現」了新大陸。他一路航行，以為突破了，把一片從來未曾認識的土地叫做「印度」，把那塊土地上的世代居住的人民叫做「印地安人」。

如果我是大量被屠殺後倖存的「印地安人」的後裔，我會如何看待那個日子？

也許，人類可以思考，心裡的無知沒有去除，心裡的偏見沒有去除，穿過了山脈，穿過了海洋，穿過了沙漠，無知依然存在，偏見依然存在，歧視和屠殺凌虐就接踵而來。

偏見和歧視，仍然使人與人之間充滿阻隔。

如果是鳩摩羅什，如果是玄奘，背著背包，背包裡主要是經文，長途跋涉，那一雙長繭磨出水泡的腳，隨時坐下來在大樹下靜坐誦經，他們並沒有為一個陌生的地方命名，沒有占有的意圖，他們的信仰裡或許也知道一切的占有都只是短暫的「夢幻泡影」，如露如電，一閃即逝……

在交通愈來愈發達的今天，如何拿掉自己心裡的阻隔？

我們可以少一點占有的慾念嗎？

大疫

大疫流行，我住在縱谷，縱谷進入台東縣的北端，住在池上靠東的邊緣，沿著海岸山脈到了尾端，屬於萬安。

萬安大多是客家移民，世代務農，我住的龍仔尾在萬安的南端，小小的聚落，幾戶人家而已，稻田、菜圃，很安靜的狗吠，知道有人迷了路，誤闖進村子。

村口的福德祠旁有大樹，樹下涼亭，總坐著村裏閒聊無事的老人家。

他們閒聊，也看山，隔著大片的稻田，遠遠望著中央山脈聳峻的大山，是南橫入口的舞樂群峰，落日時分有非常驚人的霞彩變幻。老人家們看慣了，不覺得稀奇，多回家吃飯了。我便坐在祠堂樹下看我覺得每天都稀奇變化莫測的晚霞餘光。

那是三級警戒的時刻，規定隨時必須戴著口罩。要保持社交距離，到超市買東西排隊，都有人與人之間一公尺半的距離。

原來，不只山脈是隔離，海洋是隔離，河流是隔離，沙漠是隔離。

原來，傳染病也是一種隔離。

歐洲中世紀，黑死病蔓延，一個村落，發現有病例，被列為疫區，鄰村的人即刻封鎖，甚至放火焚燒，毀滅這個村落。

莎士比亞的名劇《羅密歐與茱麗葉》，傳信的神父，因為被診斷出黑死病，就一起被鄰人釘門釘窗，即刻封鎖在屋內，不得外出。

沒有想到，遇到了疫區隔離的歷史。

原來的疫區是武漢，在杭州的人覺得無關。疫區在全中國蔓延，台灣也覺得無關。我去了倫敦，倫敦的人覺得亞洲是疫區，與歐洲無關。

二〇二〇年二月，我還去了南非，南非的人更覺得疫區遙遠，不干他們的事。三月疫情在義大利爆發，倫敦城裡許多義大利遊客，但是，倫敦人還是覺得義大利很遙遠，不干他們的事。三月九日，我警覺到疫情不只是義大利、西班牙，落荒而逃，歐洲的朋友大多覺得我大驚小怪。

一個星期後，我在台北隔離，倫敦已經封城。

新冠疫情，是人類史上一次巨大的病疫，三年過去，沒有人知道下一步會如何發展。我們不知道如何隔離，如何防範。全世界都是疫區，隔離？要到哪裡隔離。

疫區是一個界限的概念，國家也是，縣市鄉鎮，都有界限。

從池上往北，車程二十分鐘到富里，富里是花蓮縣，所以，池上、富里之間有縣界。

界線給我們一個誤解，以為可以隔離，然而，疫情在全世界蔓延的時候，忽然發現，人類在地球表面上劃分的界線，似乎沒有了意義。

一次全球不能倖免的疫情，讓每個隔離的地區更努力防衛，希望能阻絕疫情，希望隔離在疫區之外。

那一條隔離的線，可以阻擋什麼？

地球上最偉大的阻擋的界線，大概是長城吧……在數千

窗外庭院陰陰夏木

年間，為了防範戰爭修建起來的一條長長的城牆。

卡夫卡寫過《長城》，一條虛無而又荒謬的巨大的牆。牆，究竟阻擋了什麼？

二〇二一的五月到八月，島嶼宣布三級警戒時，我「隔離」在龍仔尾。

感謝這個十幾戶人家的聚落，讓我覺得「隔離」也可以這麼美好。每天夜間散步，可以戴口罩，也可以不戴口罩，因為不太有遇到人的機會。

七月初，一期稻作收割，會聽到遠遠稻田裡曳引機的聲音，許多白鷺鷥跟在曳引機前後，爭搶啄食被機械驚嚇逃出的昆蟲。

院子外的稻田一直連到中央山脈

我走在龍仔尾，沒有感覺到疫情。我在想，世界有很多地方，高山之巔，樹林環抱的谿谷，小小的島嶼，是不是也有很多像龍仔尾這樣安靜的聚落，沒有特別感覺到隔離的痛苦？

我被大片稻田隔離，被長長的縱谷的風隔離，被晨昏的旭日與夕照隔離，被卑南溪入海的遠遠餘光隔離，被七夕晚上滿天繁星的銀河隔離，被午後洶湧的雲瀑隔離……在這樣浩大廣闊的天地間隔離，為認識和不認識的眾生的逝去誦經。

或許，前世與今生的隔離，讓我聽不到上一次繁華盛放時嘩嘩的蟬鳴……

或許，我靜下來，還聽得到來世沒有驚恐怖畏的微笑。

時間是不是一種隔離？

三生石上，還記得那告別傷痛，淚水落在親人手上漫漶成的一片胎記嗎？

所以，牆阻擋了什麼？

一道一道的橋，貫穿河流的阻隔；一艘一艘的船艦，通過海洋，連結區隔的領域；一架一架飛機，在世界各地飛翔，讓不同種族、不同宗教、不同語言的區域彼此來往。

我們以為世界的隔離愈來愈小，認識、諒解、包容，因為來往愈來愈多，可以取代陌生、疏遠、懷疑、敵對。

然而，我們是不是太早下了結論？

在疫情來臨的時候，我也如此自保，從自己認為的「疫區」逃離。但如果全世界都是疫區了，我要逃到哪裡去？

我在龍仔尾的時候，心想：我可以把全世界驚慌的人都帶到龍仔尾嗎？

社交距離，讓我想到陶淵明的〈歸去來辭〉，他說的「息交絕遊」，其實是某一種意義上的「社交距離」吧。

我也想到他幻想出的「桃花源」世界，一個在現實如此不完美的戰亂中創造出的「烏托邦」。「烏托邦」本來是一個假託存在的「邦國」，柏拉圖在哲學裡創造了「Utopia」，陶淵明卻指證歷歷，說明「桃花源」真正存在，那條「芳草鮮美，落英繽紛」，那條路通往一個被「隔離」的世界，不只是空間的「隔離」，也是時間的「隔離」。住在那裡的人，「不知有漢，無論魏晉」，所以是在秦代的大戰亂時代就選擇了與外面世界「隔離」嗎？

大疫期間，我在龍仔尾，覺得是自己的「桃花源」。

隔離，可以這麼美好。保持社交距離，這麼孤獨，完完全全跟自己在一起。

社交距離

在龍仔尾，看附近的鳳鳴山，看新武呂溪，看旭日初昇，看黃昏的落日，看蓮霧花開花落，看芒果結實纍纍，看龍眼一串一串掛在枝頭，鳥雀追逐，穿過庭園。風從南方吹來，比較熱，如果是西邊的風，會吹來一片雲，覆蓋在中央山脈舞樂群峰的山頂，山的稜線就像戴了一頂白色的帽子……

我沒有特別想社交距離的問題。

沒有想，所以也不覺得是干擾或限制。

有一天看到法國中學生寫信給他們的總統，信裡說：「青春都被新冠疫情耽誤了。」

我恍然大悟，啊，如果我是中學生，每天戴著口罩，三年看到的同學都沒有嘴巴，疫情持續著，我會想知道那口罩下的嘴的形狀嗎？

三年來，在學校裡，認識的同學，臉是不完整的。

一個微笑的嘴，一個猙獰的嘴，一個慈悲溫柔的嘴，一

龍仔尾的午后雲瀑

個鄙視輕蔑的嘴……口罩下面，錯過了多少重要的表情？
幸好我不再是「青春期」，沒有太強烈的慾望，渴望擁抱，渴望親熱，渴望感覺對方的體溫，想要親吻，探索不曾觸碰的禁忌。
所以「社交距離」是一種禁忌？
三年的時間，如同在囚房裡，不能靠近，不能接觸。大疫的蔓延，使每一個人成為囚犯，隔離在慾望的牢房裡。
而我的牢房，竟然是天地寬闊的龍仔尾。
如果天地是我的牢房，我還如此無所事事，看庭前花開花落、雲來雲去嗎？

出走

人類不曾滿足自己小小的隔離。

囚犯要越獄，逃離牢房，拒絕隔離。

我們在不同意義上都背叛隔離，中學時總是想要翻牆，逃出學校。有一個同學，常常在放學前十分鐘，翻牆，被教官抓到，問他：「十分鐘，你也不等嗎？」

是的，他被處罰時，帶著微笑。他要翻牆，因為那道牆是禁忌，引誘他去犯罪。

犯罪，是人類對禁忌的背叛。大疫期間，隔離，使許多人痛苦無奈。每一個人尋找不同的方法度過「隔離」。如同一次「越獄」，從囚禁的空間解脫。

生命的區隔，在不同程度上尋找出走，用越獄的方式背叛隔離。

十五世紀前後，歐洲有許多船隻，試圖突破海洋的隔離。中世紀有十字軍東征，從威尼斯，穿過伊斯坦堡，直布羅陀海峽，到東方去。鄂圖曼帝國建立，阻絕了到東方的通路。歐洲人尋找新的路徑，突破隔離。

大疫初期，我去了南非好望角。

好望角，有趣的翻譯，Cape of Good Hope。站在好望角，浪潮洶湧，當時歐洲的船隻，南下到了這裡，發現了新的航道，可以從這裡眺望東方，希望的起點。我們總是站在一個角落，更上一層樓，為了眺望更遠，彷彿更遠便是好的希望。

如同在大疫期間，許多人用「偽出國」代替「出國」。

在一個日系酒店，設立了機場航空公司櫃台，領取登機證，通關檢查，上飛機，空姐詢問餐點……一切都像真的。最後下機，有青森縣縣長接待，送每人一顆青森蘋果。

整個「偽出國」如此真實，比真正的出國還讓參加的人開心。

所以，在疫病的隔離中，我們其實不能完全確切分辨「真」「偽」，或者說，在現代資訊如此氾濫之時，「真」「偽」已經沒有真實意義。

每天都有人公布「假訊息」，但是，我們確定公布假訊息的機構，會不會是另一種「假訊息」的製造者？

隔離，或許使我對「真」「偽」都動搖了。

我拿在手中的青森蘋果，是真的？還是假的？

每天看著世界各地疫情的報告，染疫的人數，死亡的人數，那些數字，在隔離期間，很真實，也很虛幻。

臉書上有人每一天都在轉傳那些數字，好像不斷用那些數字證明真的有疫情，三年了，那個人的臉書，最後不知道會不會得到一個真實的蘋果做為獎賞（或是，懲罰？）

拿在手裡的那一顆青森蘋果，讓很多人高興起來。因為有真實的重量，有真實的形狀和色彩，有真實的蘋果的氣味。

一顆蘋果讓我們不再計較追問所有「出國」這件事的偽造。

現代資訊的繁多快速，讓我們無暇去分辨真假。

手機裡每天有詐騙訊息，李小姐或陳小姐，不斷提醒。

她們關心我的投資，提醒我上次什麼時候做了一筆，「你忘了嗎？」每天一次關心，最後李小姐有點不耐煩，抱怨說：「你忘了我嗎？」我忽然覺得她的委屈這麼真實，長達兩年，每天一次「詐騙」，「詐騙」也變得真實了。

有人認為馬可波羅所有旅行的敘述都是假的，是一個在威尼斯監獄的囚犯每天說給室友聽的故事。

所以，《一千零一夜》是一種詐騙，《伊索寓言》是一種詐騙，指著天上的星辰說給孩子聽的故事，讓他們笑，讓他們哭，讓他們驚恐或夢想，是不是某種類型的「詐騙」？讓他們快樂，相信世界如此美好，可以繼續活下去？

繞過那個有希望的海岬，前面就是美景無限的東方。

貓咪

隔離在龍仔尾，我坐在庭院裡，跟來串門子的貓咪玩耍，忽然想起在伊斯坦堡曾經在路邊邂逅的貓。

很難想像，一個城市有那麼多貓。來來往往，沒有人類威脅的貓。

牠們和人類一樣，從另一個世界來，又到另一個世界去。

我們忘了前生在哪裡，做過什麼，有時候忽然靈機一閃，好像想起來了，但是，每次要努力，原來就模糊的記憶的線，立刻又斷了。

但是，貓好像都記得。

在龍仔尾的隔離時期，幾隻相處久的貓，都讓我在牠們的眼神裡看到牠們的前世，也看到牠們的來生。

眼神裡有蝴蝶翩翩飛起，有雷聲，有水流裡鱷魚長長的嘆息。有時候牠們坐在一望無際的沙漠裡，彷彿等待手上戴著青金石戒指的法老王，等待從木乃伊的屍布裡伸出

貓咪看看水田盡頭大山長雲

手，再一次撫摸牠們柔軟的景象……

我在庭院前泫然欲泣，因為聽到高原上喇嘛的大號角嗚嗚響起……

召喚流浪四處的魂魄，從隔絕的世界回來。

為什麼那些貓，在大疫中來陪伴我？坐在我抄經誦經的桌子上，一動不動，或沉沉睡去，覺得我隔離在世與界之間，被幻想隔離，被生死隔離，看不見自己流轉於世與界之間的真相。

那是一隻長相酷似仁波切的貓，牠看我為疫情眾生逝去抄經，便歪倒睡去，還有鼾聲。

我細心聽了一下，是風聲裡屋簷角下掛的鈴鐸，從很遙遠的地方傳來，因為鈴鐸邊緣鐫刻著番紅花的圖案，聲音便有那一季繁華的花香。

牠醒來時，陪我在田埂間走路。我停下來，看一期稻作後的田，看曳引機鬆土，看水圳放水，看水田如鏡，鏡子裡倒映著龍仔尾附近的山巒。牠也靜靜坐著，也看著水田，看著鏡子裡倒映的山巒。

我不確定，牠是否看到我看到的風景，或者，牠目不轉睛，記得鈴鐸在風裡的搖晃，記得鈴鐸上那些番紅花的圖案。想跟我說什麼，終究並沒有說。

我們各自隔離在不同的世界，彼此無法了解。我們的溝通，語言或者文字，或者圖像，都只是一廂情願。

所有溝通的努力，讓原本存在的一點記憶消失殆盡。

我放棄溝通，知道所有每一天的溝通，其實是一則一則「詐騙」短訊，「你忘了我嗎？」詐騙要用那樣的方式讓你確定彼此真的認識。

所以，應該有更徹底的隔離，在囚禁的牢獄，只跟室友編撰不存在的故事，假造另一個自己，假造另一個身世，假造另一個我。

只有祂說得這麼徹底「無我相」。

有一天我在貓咪的眼睛裡看到一閃即逝的自己，在哲蚌寺的大石塊上，鷲鷹盤旋，貓咪忽然閉起眼睛，我驚覺而醒，原來是一顆蓮霧從樹上墜落。

隔離期間開始畫池上長雲。2022 在台北、台中、台南巡迴展出

蔣勳《池上之夏》

2022 | 油彩畫布 | 122×152 cm

龍仔尾。

在這裡，似水流年，可以看歲月悠悠，沒有心事。
在恍惚中聽蟬噪高天，容易朦朧睡去，似夢非夢，如在前世。

六十石山

二〇二一年五月八日以後，一直在縱谷。有時在池上畫畫，有時在六十石山茶園，聽樹林初夏蟬鳴。

春末夏初，最早的蟬鳴，有一種青春的高亢嘹亮，還沒有到夏末秋初，還沒有季節到了末尾瀕臨毀滅絕望的悲淒嘶叫。

生命的聲音，如此不同，有時是歡唱，有時是悲鳴。

茶園主人栽培有機茶，我喜歡他慢條斯理地沏茶，娓娓道來上個世紀八七水災，許多雲林閩南人遷移到此拓墾，因此留下「雲閩」的地名。又娓娓道來小綠葉蟬這幾天來吃茶的嫩葉了。

八七水災是我童年的故事，被遺忘了。一次洪水，卻成就了許多人的遷徙移民。

歷史大事，或小昆蟲生態，茶園主人的敘述都如茶香，沉靜有餘甘。

「小綠葉蟬咬過，茶葉有蜜香。但是只能讓牠們吃三天……」

他說：「不然很快就吃光了。」他笑一笑，好像因為蟬來吃才知道這春天的茶多好。

在縱谷，好吃的果實、種子，也常常是鳥兒先來啄食。在自然裡，人類的老師好像是鳥，是昆蟲。

「讓牠們吃，卻不能吃太多。」他像是在說茶葉，也像是說人生的領悟。

所以他一大早就去茶園採茶，搶收小綠葉蟬咬過、還沒有吃光帶蜜香的嫩葉。

主人跟我喝完茶又要去烘焙茶葉。新採的茶葉放在可以轉動的透氣竹籠裡，插了電，低溫烘焙，一屋子都是隨風散開新茶的香氣。

我喜歡這個時候上山，六十石山的金針花季還早，沒有遊客上山。春夏之交，雲生霧卷，山嵐在數峰間流轉變滅，乍陰還晴，山色隨時光千變萬化，適合用水墨滃染。

遠望山腳下富里一帶平疇沃野，立夏、小滿前後，早插秧的稻禾剛剛抽穗，蒼綠裡透出很嫩的青黃，微風陣陣，中午前後，陽光蒸曬，風裡就有穗花授粉後猶在空氣中瀰漫的稻花香。

茶園主人又要我試了他自己私下最喜歡的大葉烏龍，「加十朵小油菊，清淡，不搶茶香。你試試看。」

「這樣的喝法純粹是個人喜好，」他說：「個人癖好不

六十石山雲嵐極美

同，別人未必喜歡，產量不多，也不推銷，能喝到就是緣分。」

在土地勞動的人，有天地四時的廣闊包容，他們談起事來，沒有執著，給別人很大的選擇自由。

主人跟我抱歉，說：「在山下竹田祭拜媽祖的『聖天宮』做志工，這幾日有外地媽祖來此會香，還要下山去照料。」我們就結束早餐後的喝茶閒聊。

我記得了「雲閩」兩個一般人不知道的名字，八七水災、雲林、閩南，一次天災裡人民的遷移，六十石山有了新的居民。

萬安

二〇二一年五月十五日，北部疫情爆發，宣布了三級警戒，一時回不去，取消了北返的班機，我就住進萬安村。

池上有萬安社區，清代以來，主要是客家移民來此墾殖定居，沿著海岸山脈山腳開墾，建立莊園。

漢人移墾到這一帶可能追溯到一八六〇年代，從台南赤崁、高雄旗山來的移民，他們走的路線是溯荖濃溪，翻過中央山脈，沿著新武呂溪峽谷，來到此地。大約也就是今日南橫這一條路，只是當年走這條路的艱辛是今天很難想像的吧！

漢人初來時，沒有漢字地名，野生樹林繁茂，就叫做「樹林仔」。

清帝國在一八七四年由福建船政大臣沈葆楨來台灣督辦海防，沈葆楨注意到台東的撫墾，派袁聞柝任同知，在台東設立「台灣府南路撫民理番廳」。

「撫民理番」，大概包含了對漢人移民和原住民部落的管理吧。「理番」一詞並不意外，其實我讀小學時，班上原住民同學還是被當地同安移民叫做「番仔」。

「撫民理番廳」這個機構設立十餘年，卻在東部爆發了「大庄事件」，客籍漢人和原住民部落聯合起來反抗官方壓迫。

一八八八年六月，由於官僚壓榨，土地清丈不公，欺辱部落女性，引起今日關山、池上、富里一帶漢人移民和原住民團結起義，殺死官員，民間串連抗爭，對抗官兵鎮壓。

「大庄事件」有新開園（萬安、錦園）的原住民潘觀等頭目響應，事件在兩個月間蔓延，北到花蓮，南到台東卑南利嘉部落都紛紛起義。
戰事結束，新開園一帶想必也有許多無主屍骸吧，漢人的、原住民的、清軍的，怨者親者，無名無姓，依民間習俗傳統，死者為大，都被農民收埋，在如今萬安「稻米原鄉館」後方建有「萬善祠」，四時也有祭拜。
歷史上有魚肉鄉民的官員，引發人民起而抗暴，也有認真治理地方的官員。
「大庄事件」後，派遣到台東來的官員是至今仍然留名在台東史上的胡傳。「萬安」的名稱據說最早出現在一八九三年他所編纂採訪的一本書中。
胡適父親胡傳（字鐵花，一八四一～一八九五），他在「台東直隸州代理知州」任內，纂輯《台東州採訪修志冊》，實地採訪勘查，編纂地方誌，書裡首次用到「新開園、萬安庄」這樣的名稱。龐大而腐敗的帝國，確有一位知識分子，即使派遣到蠻荒偏遠之地，仍然為地方留下了美好的名字。

新開園庄是比較廣的說法，包括今日的錦園、萬安、富興、振興四個村落。胡傳的採訪，萬安庄似乎在四個村落裡有了重要的位置。「萬安」也像胡鐵花給予這一方土地永恆的祝福。

這本書完成後兩年，胡鐵花逝世，清帝國甲午戰敗，台灣割讓日本，小小的萬安村也隨時勢進入日治時代。

日治時代，清查「萬安」戶口，登記「住戶一百一十」，人口「五百八十七人」，「水牛七十八頭」。

目前萬安村的人口，最新調查是「三百四十二人」。

人口這麼少的村落，只是世界一微塵吧。

「世界，非世界。微塵，非微塵」，大疫流行，我住在這一微塵裡，有微塵的悲喜，隨意讀微塵的歷史，也有小小微塵裡一點萬事平安的祈願。

五月乾旱缺雨，水圳輪流每三天灌溉一次，每次放水，都走到田邊聽水聲嘩嘩，如人雀躍興奮。鄉民擔憂，旱情持續，已有多家鑿井抗旱。

六月五日芒種，下了大雨，即將割稻，可以預期稻作

結穗時清晨稻葉上的雨露

豐收了。都市裡居住，很難體會即使今日，科技發達，農作多機械化，但是，農民依然要「靠天吃飯」，而所謂「天」，也就是自然時序的風調雨順。

保安宮

村落裡有幾座大小不一的土地祠，也有頗具規模的保安宮，我散步經過，也依村民習慣一一敬拜。

我童年居住的大龍峒，同安人社區，也有「保安宮」。

我家就在保安宮後方，每次經過廟口，母親都叮囑合十敬拜。

保安宮直接說成白話，就是保佑「萬安」吧。

萬安保安宮設置的位置卻是在錦園村，事實上，附近幾個原屬「新開園庄」的居民都常來此祭拜。

村民常來此祭拜，香火很盛，年底收成以後，也請客家戲班在廟埕前演出謝神的「收冬戲」。我在池上駐村的二〇一四年，年底就在保安宮前廟埕看「收冬戲」，鄉民熱烈參與，也和都會裡廟會逐漸沒落的景況不同。

看了一下萬安社區的地方誌，保安宮最早修建於光緒九年左右（一八八三），是高、屏來的移民帶來的五穀爺神像，這尊開基神像更早是大陸移民帶到旗山，再由旗山移民帶來池上。

移民一路艱苦危險，離開故鄉時，常常把神像揹在身上，如果僥倖到達平安之地，便安神位敬拜，謝天謝地。

移居之初，一切簡陋，五穀爺推測只是安奉在草寮、磚造的簡單空間裡吧。

移民的農田拓墾愈來愈盛，稻穀從播種到收成都需要風調雨順，祀奉五穀保護神的信仰自然愈來愈重要，五穀爺也升任為五穀大帝。

十餘年後，保安宮就由磚造的簡陋形式改為石木結構的宏偉廟宇。也在偏殿安置了城隍、註生娘娘、媽祖、關公等民間信仰的神祇，包含了生死婚喪人生的各種庇佑。

日治時代，或許為了切斷漢文明的記憶，一度禁止民間信仰，保安宮被廢止，改為派出所使用。

二戰之後，保安宮在一九四五年重建，到一九七六年再次擴建，也就是目前看到的懸山式的屋頂，有拜亭，鐘樓、鼓樓，戲台，有龍柱雕刻，有彩繪和剪黏等裝飾。

每次進保安宮，都會看到殿前楹聯長句，「五穀重豐年」，正是小小萬安所有世代在土地裡耕種的農民的共同心願吧：

五穀重豐年，及雨及時施德澤
萬方匡正日，扶忠扶孝顯威靈

被大山與長雲隔離，何其有幸

二〇二一年辛丑，五月缺雨乾旱，居民都鑿井應急，都會裡的人很難理解農民愁苦擔憂，插秧之後，他們不時抬頭看天，想到的也就是保安宮楹聯上說的「及雨及時」吧。

雨不及時，少雨，就是旱。雨不及時，太多了，就是澇。

旱澇都是災難，也只有與土地相依為命的農民感受最深。

六月初，芒種前後，連日好雨，稻禾結穗，金黃一片，穀粒飽滿，即將收成了，農民也都來保安宮，安心謝天謝地。

龍仔尾

台灣中央山脈大家都熟悉，從北至南，把島嶼劃分為東西兩岸。但有另一條海岸山脈，不是很多人知道。受菲律賓板塊與歐亞大陸板塊擠壓，沿著島嶼東部海岸，從花蓮、瑞穗、富里，到台東縣的池上、關山、鹿野，有一條長長的海岸山脈。

萬安緊鄰海岸山脈，這一段山，山勢不高，但是受地殼擠壓，山像海浪一樣陡立起來。太平洋的波濤，一波一波，撲上陸地之後，彷彿靜止成山脈，同樣起伏蕩漾，我常常看著海岸山脈，彷彿是靜止的海浪，也是波濤洶湧。

萬安緊靠著山，村名萬安，山也就是萬安山。

山的長長的稜線，像一條長龍的背脊，蜿蜒在村落東邊，起起伏伏。

人給山命名，常常是一種直覺。

台灣多處有「觀音山」，山巒峰嶺，有的像鼻子堅挺，有的像額頭平緩，有的如眉眼，有的如唇如頤如下顎，甚至如乳如肚腹，各人有各人的認知，各人有各人的標記，大象無形，山名「大肚」，「觀音」，也給了喜歡命名的人許多懸想牽連。

萬安山像一條龍，是不高的長條山脈。大概從移民初期就有祖父阿嬤帶著孫子，指指點點，哪裡是龍頭，哪裡是龍尾，有了龍的意象，一條龍就活靈活現。加上海岸山脈四時雲煙繚繞，風起雲湧之時，這條龍也就似乎真能呼風喚雨，一時顯靈，庇佑村落小小的平安願望吧。

有村民說這條龍，龍頭在村落北段的磚窯場，龍肚在中庄，龍尾迤邐在南段山勢低矮處。這低矮處已是萬安村到了尾端，只有寥寥幾戶人家散居，被大片稻田圍繞，離池

一期稻作收割前總是去看田端的一棵樹

上熱鬧的中心已遠，地名也就恰如其分叫做「龍仔尾」。

龍仔尾居民不多，我看了一下居民設立的說明牌，指出有日治大正十二年從新竹北埔庄遷來的蕭金蘭家族，此後陸續有賴氏、羅氏、黃氏等家族移墾，成為龍仔尾特殊的家族聚落型態。

站在田野間，遠眺萬安山長龍護持，愈往南愈低矮，的確像一條長龍的尾巴，一路向關山、鹿野方向遠去。

我常在這裡看鳳鳴山，看萬安溪的沖積扇形成美麗的廣大稻田，看水圳潺潺流水，農舍散在田間，很難想像這樣的美麗平疇就近靠著時時會有地震的斷層。海岸山脈是地震斷層，建築也都受限制，也因此住戶稀疏，沒有發展成熱鬧的聚落。

恆河尚多無數，何況其沙？

大疫流行，都會人心焦慮浮躁，很慶幸住在龍仔尾。受這條龍尾護持，每日抄經、畫畫，閒來看花開，也看花落，與自來自去的流浪貓玩耍，隨意勾勒牠們的動態，或慵懶，或撒嬌，或警戒緊張，彷彿看一頁人性的愛恨悲喜。

龍仔尾是微塵粒中更細小的微塵，微不足道，漫步田間，背上曬著暖陽，也如「田夫負暄」——啊，怎麼忽然想起這個故事？

田裡農夫，走在田間，感覺到曬在背上的日光多麼和

陪伴我散步的貓咪（蕭菊貞導演提供）

煦，舒服極了，很想告訴皇帝，告訴位高權重的領導者：「陽光太舒服了。」

《列子》中說的這一段故事也就是民間成語「野人獻曝」的來源。

野人曬太陽，背上暖和，要去把這樣美好的經驗奉獻給皇帝，但是，他天真無知，原來一番善意，被鄉民嘲笑辱罵，群起攻之，連自己的老婆都說他傻。

野人獻曝其實是一個悲哀的故事吧……。

走在龍仔尾田間，看農民一期稻作收割，繼續準備二期稻作插秧，我和貓在阡陌上散步，太陽照得背暖暖的，也忽然想告訴什麼人：這太陽真舒服啊。

困

大疫流行，一時不能北返。

我留在池上，許多東西可以宅配。醫院回診可以視訊，慢性處方箋有健保藥局代理申請，直接在當地取。也透過池上書局訂了幾本書，張岱的《夜航船》，從浙江古籍書店訂購，一星期後也收到了。

疫情、三級警戒，改變了我們對生活方式的很多看法。

朋友笑我「擱淺」在池上，讓我想起《四郎探母》〈坐宮〉一段有名的唱詞「我好比淺水龍，困在沙灘——」，「困」比「擱淺」糟糕，「困」是落難，有委屈怨哀，無法脫身。想到楊四郎隱姓埋名托身於異鄉時唱這段唱詞有多少「困」的悲哀。

人生一世，大概總有時被「困」，戰爭、貧窮、天災、大疫都可能是「困」。職場不順、情感坎坷、人事糾纏，也可能是「困」。

像蘇東坡，一生都被小人所困，仕途顛簸，下獄、流放，真是處處受困。

然而，流放貶謫，漫漫長途，不能老是唉聲嘆氣，罵天罵地，必須自己找出處紓解。

蘇軾流放，在困境中，卻可能是最好的功課。

他每到一處都發現美好的事，人們以為嶺南瘴癘荒僻，他卻大啖荔枝，覺得是莫大的福分，「但願長做嶺南人」。

把懲罰作為福分看待，一路走到天涯海角，蘇軾受福於困，也啟發了後人對「困」的不同領悟。

易經有「困卦」，上澤下水，澤中無水，自然是「困」之之象。

五月全台大旱缺水，有人怨天尤人，有人意識形態作崇，粉飾「國泰民安」，堅持說沒有缺水，其實都無濟於事。

池上萬安村鑿井備旱，也規畫出三天一次水圳輪流放水的管理方法，緊急時甚至出動水車救旱，度過難關，直到六月降雨，順利豐收。

我在看縱谷農民困在旱情中的種種努力與應變。他們不粉飾太平，知道「粉飾」加速內部腐爛。

「困」是困窮，但「困」卦的卦辭是「亨，貞，大人吉，無咎。」

好有趣，易卦在「困」境裡許諾了「亨通」。「困」不是被困，「困而不失其所亨」，要在困境裡找到通達解脫開闊的自處之道。

「困」卦意義深遠，在困境中，不被困，找到通達的途徑，可以「吉」，可以「無咎」。

困於疫情的世界，或許可以為自己卜一卦，如果是「困」，看看「困」如何排解。粉飾太平，不力圖解決問題，是真正把自己「困」住了。

農舍

所以，有一點慶幸自己在大疫之時，「困」在池上了，
「困」在縱谷海岸山脈一處叫「龍仔尾」的村莊。
多麼幸福的「困」。

我「擱淺」的農舍是台灣好基金會前些年向農民租賃

的，稍事整修，用來給駐村的藝術家使用。恰好前一位藝術家結束駐村，後一位還沒來，我便用了空檔的時間。

大概從二〇一五年到現在，有十餘位藝術家住過這農舍，林銓居、簡翊洪、葉仁坤、牛俊強……都住過。銓居在這裡畫大幅聳峻的崙天山，翊洪畫夜裡老屋四處攀爬的壁虎或螞蟻。

農舍雖舊，卻視野開闊，每一位創作者在這裡看到不同的自己，或壯大，或渺小，都是真實的自己。真實，便可以創出風格。

芒種、夏至之間，大約五點十分左右，太陽從海岸山脈升起，照亮大片即將收割的金黃色稻田，纍纍的稻穗已飽實圓滿，垂著頭，在微風裡搖曳。

我住的這戶獨棟的農舍，已是龍仔尾的最後住家。坐在庭院前面，朝南一無阻擋，可以遠眺新武呂溪沖積的平疇沃野，也可以遠眺到更遠的卑南溪出海的方向。茫茫漠漠，可以在最遠端看到朦朧的都蘭山。

黃昏時分，常常在島嶼最南端有西邊落日的餘暉返照，天空彤紫，也會聚集金色的祥雲，如堆簇的錦繡。熠燿幻滅，每天都要修行一次「夢幻泡影」的功課。

在都市裡，慢慢失去了自然、日照、風、山脈、河流、星辰，因此，住宅失去了和天地風雨晴寒對話的能力。

龍仔尾的農舍讓我知道傳統民宅的「風水」，也就是有好

中央山脈舞樂群峰一抹紅雲

風，也有好水。

舊式傳統農舍多朝南，避北風，也取朝陽較長時間的日曬。縱谷東北季風強悍，座北，避開了冬季的強風。

朝南正房，一排排三間，灰黑斜瓦屋頂。西邊一排矮屋，原來或許是豬舍，不養豬了，就改作了放農具的倉庫。

一排三間的正房，和低矮倉庫成L型，圍出一個大約三十公尺長二十五公尺寬的庭院。

這個寬闊平坦的庭院，原來是曬穀場。傳統農家，都有寬大曬穀場，收割以後，稻穗在這裡打穀，穀粒利用自然風揚場，吹去雜質，讓一顆一顆稻穀平鋪在廣場上，用日

有時坐在前廳看屋外的日光遲遲

光曬透，時時用竹耙翻轉，才能貯存。

這是我童年時看到的農村曬穀場，也是我童年時最愛玩的地方。大人忙著農事，孩子幫忙趕走搶食稻穀的雞鴨鵝。

曬穀場的陽光和風都好，農忙後，冬天在這裡曬太陽，背上曬得暖呼呼，比暖氣都好。夏天夜晚就常在這裡吹風乘涼，聽長輩老人說故事，天階夜色涼如水，一次一次細數數不清的天上星辰。

現代機械化的農家，插秧、收割、打穀、烘焙，都有機械代替。收割以後，大約十天，新米就可以包裝上市。

舊的曬穀場閒置了，變成寬廣的庭院。

都市裡住狹小公寓，很難想像這樣奢侈的庭院。

我常常在這庭院看兩邊的長長山脈，左邊是海岸山脈，低矮卻陡峻峭立，右邊是中央山脈，渾厚壯大。

兩條山脈護持，中間形成狹長如長廊的美麗縱谷。

海岸山脈、中央山脈護持，一長條縱谷，從花蓮的吉安、鳳林、瑞穗、玉里、池上，一路綿延到關山、鹿野，伸展進島嶼的尾端，一條長達一百八十公里的縱谷沃野，左右山脈如長龍護佑，山脈溪流清泉不斷，真是好風水。

走過北端的老清水斷崖，走過南端牡丹灣的阿塱壹古道，僅一人通行的險絕山徑，在絕崖險峰上，瀕臨深壑大海，頭暈目眩，古老的島嶼一直用多麼艱難的方式震撼從西岸到東岸來的人。

而我在縱谷，其實不屬於西岸，不屬於東岸。不靠近海岸，是兩條山脈護持庇佑的一條長廊。很長一段時間，縱谷因為交通不便，避開了過度開發的危機，保有自然的安靜純樸。

入冬以後，長廊有東北季風通過，寒冷刺骨，大風呼嘯，老舊屋宇都起震動。二〇一四來池上駐村，經過幾次寒冬，才領教縱谷冬日的艱難。所以縱谷老的農家多朝南，是有一定地理氣候上的需要吧。

農舍朝南，正前方，隔著曬穀場，就一直可以看到卑南溪開闊的平原，和島嶼尾端朦朧的群峰。

蓮霧花盛開

昔日的曬穀場是日照陽光最充足的地方，如今也讓我獨享美好日光。我常常搬把藤椅，在屋簷下看庭院的樹影，看各類鳥雀在樹影間跳躍啄食樹間果實。五月蓮霧花開，細長蕊絲招引很多蜜蜂。夏季光影搖晃迷離，花都落盡了，結了一樹小小的果實，由青轉白、轉紅，似水流年，可以看歲月悠悠，沒有心事。在恍惚中聽蟬噪高天，容易朦朧睡去，似夢非夢，如在前世。

農舍獨立稻田中，沒有圍牆，朝南種一溜扶桑，和稻田隔開，一年四時都有豔紅花朵，襯著綠色稻田特別醒目。

我的童年很少「圍牆」阻隔，鄰里社區多以植物間隔，扶桑、月橘、刺竹……都可以做圍籬，有點間隔，卻方便

院子南面有一排扶桑花

溝通，還可以四時看花開，享受沁鼻花香。母親常隔著一排扶桑和鄰居閒話家常，噓寒問暖，也隔著花樹，互贈剛做好的熱騰騰食物。

一段不阻擋什麼的短牆邊有蓮霧樹、龍眼樹、芒果樹

被。我一早就把枕頭、棉被搭在牆頭，傍晚收回，可以享受童年蓋著日曬棉被枕頭睡覺的溫馨甜美回憶。

以前我住池上大埔村，是老宿舍整修，也有短牆，左鄰右舍就常把蘿蔔絲、筍乾、刈菜曬在這段牆頭，也會謝謝我，特別說：新修的牆清潔。

都市裡的牆好像嚴防逾越，萬安龍仔尾的牆卻一點都沒有阻隔。牆在都市裡，在農村偏鄉，常常有不同的意義。我們或許只專注於都會的倫理，防衛、隔絕、封閉、囚禁的空間，慢慢遺忘了在空闊的天地間生命也可以有不同的方式生活。

這東邊看起來除了曬棉被沒有用的一段短牆，沿著牆邊

蓮霧落滿了庭院

種了四棵果樹，我一直以為是三棵，直到最近樹梢結果，才發現原來是四棵。

從北至南，第一棵是蓮霧，五月初開花，長長的蕊絲，有香味，不久花落，結了一串串粉紅青綠的小小蓮霧，招來許多小鳥啄食，也零零落落掉了一地都是。我把一地上百顆蓮霧拍照傳給朋友看，大家都吃驚，說：「可以賣很多錢吧！」

第二棵很粗大，從根部就分枝，看到上面結了小芒果，我就認它是芒果樹。芒果垂實碩大飽滿，掉落地上「碰」一聲，嚇走很多小鳥，掉落的芒果多摔裂了，露出黃色的肉穰，小鳥蟲蟻都來吃食。

不多久，芒果之間竄出一束一束繁密的龍眼，我有點不解，仔細看，才發現是兩棵樹從開始就長在一起，根連著根，就像一棵樹。

從樹幹樹皮看，不容易分辨樹的不同。我們有時候從葉子分辨，葉子也不容易分辨。等開了花，比較容易知道是什麼樹了。

苦楝二月開花，一片粉紫，花期過了，大多數人認不出是什麼樹。欒樹十月開黃花，花落了，結了一樹紅豔的蒴果，大家都記得欒樹十月的燦爛。

我常散步的河岸，有苦楝，有欒樹，不開花、不結果的時候許多人都不計較它們的不同。從花分辨，從果實分辨，都比較容易，也因此錯失了不開花不結果的時候更仔細的觀察。

第四棵也是芒果，也垂掛著多到令人訝異的碩大果實。朋友教我採下來，削了皮，切成條，加糖，放在玻璃瓶裡，醃兩星期，做成酸甜可口的情人果。

我試了一兩顆，但是數量太大，還是決定不要煩惱，自然間的生長自有自然間的消化，或鳥吃，或蟲食，或在土中化為泥，化為塵，不一定非給人吃，原不應該有我相眾生相的執著吧……。

我拍照給很多人看，還是會被問：「可以賣很多錢吧！」

我後來仔細比較了龍眼和芒果樹皮的差別，也仔細看了

芒果和龍眼相繼成熟

兩棵樹葉子的差異。龍眼樹葉子較小，顏色深，芒果樹狹長寬闊的葉子也是深綠色，但是大很多，幾乎是龍眼樹葉的三倍長，如果不是先入為主的成見，應該是很容易分辨的。

兩棵樹的樹皮紋路也不同，龍眼皴皺細密，皮色灰赭；芒果樹皮色裡偏灰綠。

顏色在視網膜上的色譜大概多到兩千，光是白色就有四百種，米白、雪白、磁白、月白、灰白、粉白、魚肚白、珍珠白、奶油白……文字上如何精密描寫，其實都不是視覺上的色譜，面對像提香（Titian）畫裡層次複雜如光流動的白，藝術史家嘆為觀止，也只好創造了「提香白」

這樣的名稱。

我一直好奇《紅樓夢》裡賈寶玉常穿的一種「靠色」褲子，「靠色」究竟是什麼顏色？

有人說是藍染的大槽裡最靠邊的織品，藍已經很淡，淡到像月白，有一痕不容易覺察的淡淡的藍影。不確定是不是像宋瓷裡的「影青」，我很喜歡影青，比汝窯、龍泉都更淡，像是一抹逝去的青的影子，已經不像視覺，而是視覺的回憶了。

「青」在色彩裡也最複雜，「雨過天青」，有時候近藍，有時候近綠，「青」，有時候是李白詩裡「朝如青絲」的黑。

在龍仔尾看山，色相隨光時時變幻，文字上粗糙武斷的

「藍」「綠」完全無用。

如果寫作，「紅花」「白雲」「藍天」或「綠地」，也還是空洞。有機會仰視浮雲，靜觀海洋，凝視陽光下稻浪翻飛，眼前一朵花，有看不盡的千變萬化，忽然發現文字的形容這麼貧乏。

離開生活，離開真實感受，文字、語言都會流於粗糙的意識形態的鬥嘴狡辯，離真相愈來愈遠。

孟子說「充實之謂美」，細想「充實」二字，是感官的充實，也是心靈的充實吧。

看到形容不出的色彩，聽到心靈悸動的聲音，鼻翼充滿青草香的喜悅，味蕾有飽滿米穀滋味的幸福，擁抱過、愛過，觸覺充實過，生命沒有遺憾，是不是真正的「充實」本意？

感覺不充實，便是生命的空虛枯萎吧！

以前以為不讀書會「面目可憎」「語言乏味」，其實愈來愈感覺到不接近自然，不看繁花開落，不看浮雲變幻，不看著海洋發呆，沒有在夏日星空下熱淚盈眶，少了身體的擁抱牽掛溫度，大概才是「乏味」「乾枯」的真正原因吧……

一棵樹，在很長的時間，從種子、發芽、抽長樹枝、長葉子、開花、結果，而我們認識的樹，往往只是花，把花插在客廳，把果實切了分享，都會裡認識的樹會不會也只剩下了花與果實？

花被購買，果樹賣錢傾銷，和自然中花開花落、果實被鳥與蟲蟻啄食，哪一種才是眾生相？哪一種才是壽者相？

即將夏至，雨後初晴，我把藤椅搬到樹下，聽這個夏天激昂嘹亮如銅管高亢號角的蟬聲，光影滿地，喝一口鹿野的新茶，讀張岱在亡國後纂輯的《夜航船》，一段一段，隨時可以拿起，也隨時可以放下，沒有一定的章法連貫，不知道能不能多懂一點「應無所住」。

張岱是我喜歡的作家，明朝滅亡後，他寫《西湖夢憶》、《西湖尋夢》，繁華若夢，那麼頹靡吃喝玩樂的歲月，像是懷舊惆悵，千古興亡，一旦遇上了，又似乎要認真對「亡

在芒果樹下讀張岱的《夜航船》

國」這樣的功課好好演算一番。「亡國」之後，能對自己一世吃喝玩樂好好書寫，並不容易。許多人假惺惺談忠孝、悔罪、痛哭，也枉費了「亡國」這樣一次天賜的夢幻泡影。收到《夜航船》也很意外，竟像是一本雜七雜八的百科全書，一條一條不相干的異事雜聞。

在疫情中百無聊賴，隨手拿起，隨手放下。張岱看盡世事荒謬，原無事非，確有因果，陪伴我看大疫下的人生。

有一天龍仔尾晚雲豔紅，青山和金黃稻田如此熠燿燦爛

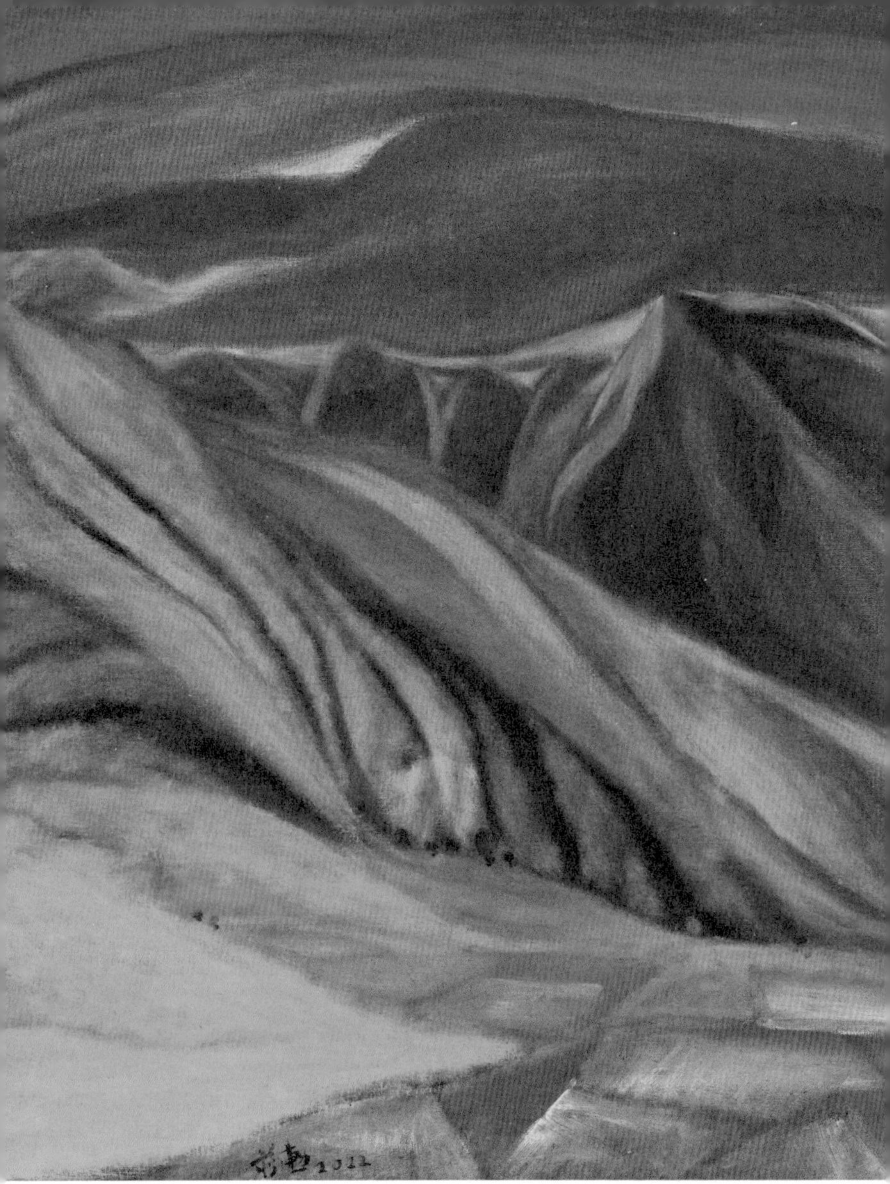

蔣勳《池上晚雲》

2022｜油彩畫布｜80×100 cm

貓。

我很懷念這隻貓，懷念每個黃昏一起走路卻兩無罣礙的關係。
回想起來像是自己老去時一段淡淡的黃昏之戀。

之一

我以前沒有特別親近過貓。

感覺貓有一種靈黠神祕，好像帶著我看不到的魂魄，也凝視著我看不到的世界。對那樣的魂魄與世界，我有點好奇，也有點敬畏，但終究敬而遠之，不敢特別親近。

我喜歡過狗，狗好像比較現世，可以靠著牠們，抱在懷裡，牠們的眼睛看著你，沒有太多詭異複雜的心思。

這當然是很主觀的看法，無論貓或狗，我的經驗都不多。粗淺的印象評斷，沒有什麼可信的價值。

坊間豢養寵物的人口愈來愈多，隨便上網搜尋，談貓談狗的真實經驗比比皆是，早已形成強大而且不容忽視的主流族群。

最近一次餐聚，一位朋友談及「分離焦慮症」，正在找專業醫生問診。突然加入的鄰座客人聽到，以為在談「某人」，其實這位朋友問診的是家裡的寵物。

和寵物溝通早已不是新鮮的事。要「溝通」，就要有心理探索的專業訓練，「人類」如此，「寵物」是生命，當然也如此。

族群分裂，族群對立，都與「溝通」不良有關。粗淺的分類，人類是一族，貓是一族，狗是一族。但是，有時人與人對立，視對方如仇敵，咬牙切齒，完全視如「異類」。人與人之間的族群溝通不良，尤有勝於與貓族、狗族的溝通。

我有朋友討厭「韓」這個字，最後波及「韓劇」，連「韓國泡菜」也不吃，她說：「愈來愈討厭這樣的自己。」我完全理解，但無能為力。

「恨」的根源是自己，恨一樣物件，恨一個人，心裡的核心糾結都是討厭自己吧？

族群與族群對立久了，彼此間愈來愈失去耐心，不看「韓劇」，不吃「韓國泡菜」，還好，她愛貓，會為貓哭泣，為貓讀詩，用塔羅牌每天為貓算命。她很在意跟自己的貓溝通，貓成為她的救贖。

她最近也在居住的城市促使議會通過「寵物生命紀念自治條例」，「自治」二字不好懂，條例有點拗口，其實是「寵物殯葬」，用意也就是讓寵物得以善終。人類有墳墓，有骨灰罈，四時祭拜，清明慎終追遠，當然，寵物是生命，也要「慎終」，也應該「追遠」。

我的童年，貓的善終是掛在河邊樹梢，狗的善終是隨水流漂去。不同世代對「善終」看法不同，慢慢習慣不同的「善終」形式，也會對自己的未來有一種豁達。現代寵物多如同家人，家人死亡，豈可掛樹枝、隨水流，自然要有一套「紀念自治條例」。

快要競選了，政治人物在競選期間抱著貓或狗拍照，製作成張貼海報，近幾年也屢見不鮮，貓和狗參加助選，也似乎真的是對勝選有正面幫助。家人是候選人有力後盾，貓狗既是「家人」，也自然要參一腳。

選舉用到貓狗，邏輯很簡單：這麼愛貓、愛狗，一定也愛所有生命吧？

在一座廟附近看過地下街有許多專為寵物溝通設立的小

店，用英、日、華語註明營業時間、收費標準、問診內容。要先預約掛號，沒有健保，不容易掛到號。

懷抱貓狗的顧客面容沉重憂慼，使人想起「如喪考妣」的成語。「如喪考妣」已經是過時的成語了，「考」「妣」是啥物？年輕一代大概看不懂，或很鄙視。貓狗如親人考妣，如果親人罹患重病，當然心情忐忑，四處尋找解方。

一直跟貓沒有特別深的緣分，沒有想到，二〇二一這一年，貓偶然闖入我的生活，也成為我的救贖。

回來談我和貓的一段緣分。

我沒有養寵物的經驗，跟貓接觸，其實要感謝新冠疫情。

有三個月的時間，自我隔離在龍仔尾的農舍，息交絕遊。每天抄經、畫畫、散步，其他多餘的時間就跟流浪貓玩耍。

貓狗不在隔離禁令中，不算要保持社交距離的對象。牠們不時會跑到農舍院子裡來玩，有時跳上窗台，隔著窗戶看我桌上的飯菜。

說是「流浪貓」，或許不完全正確，等下再解釋。

傳統農村的習慣，多養狗，很少養貓。可能因為養狗可以看家，有人闖入農田菜園，狗會吠叫恫嚇，有實際的守衛警戒功用。

傳統農家養狗、養牛、養豬，乃至於雞、鴨、鵝，大多

社交距離下，來我家自由遊玩的貓

還是「有用」。「有用」與現代都會的「寵物」觀念並不相同。

「寵物」是要「寵」的，豈可以「用」視之？莊子強調「無用之用，方為大用」，今天都會的寵物產業如此興旺發達，「寵物醫療」「寵物相命」「寵物心靈溝通」「寵物殯葬」，龐大的連鎖產業，頗可印證莊子遠見。

養貓在過去也有用途，如：「抓老鼠」。但是現在捕鼠、防鼠的方法太進步，貓抓老鼠好像已經是童話故事。許多漫畫都有寵物貓一見老鼠全身發抖的畫面，頗反應現實。

我住進龍仔尾農舍，出外散步時，一路都有狗吠。農舍附近，住戶不多，隔一段距離才有一家。每家都有狗，多半是黑狗，夜裡躲在暗處，突然咆哮，還是會嚇一跳。

這不是寵物狗，都用鍊子拴著，或關在鐵籠裡，吠叫時鐵籠震動，遠遠近近，四野都有狗的呼應，那是我在龍仔尾夜間散步很特殊的聽覺記憶。

散步時不時被狗吠叫驚嚇，卻常常在遇到貓的時候忽然有了溫暖。「喵……」牠們會跑到腳邊磨蹭撒嬌。

有一隻貓甚至會陪我散步，我走十分鐘，牠一直跟在腳邊。我有點驚訝，以前只有聽過「遛狗」，沒聽過「遛貓」。

這隻貓的確會陪我走路，我有點不相信。繼續走十分鐘，牠還跟著。一小時以後，我想牠累了，趴在地上休息，過一會兒，我再叫牠：「還能走嗎？」牠即刻站起來，

牠常常陪伴我在田間走兩小時的路（蕭菊貞導演提供）

繼續跟我走路。

這隻貓總在田野間遇到，總陪我走路，中央山脈黃昏時滿天紅霞，田野盡頭台九線公路路燈亮起，我跟牠說：「回家好嗎？」牠就跟我往回走，然後不知不覺消失在暗下來的田野間。

我很懷念這隻貓，懷念每個黃昏一起走路卻兩無罣礙的關係。回想起來像是自己老去時一段淡淡的黃昏之戀。

坐在簷下讀書喝茶，看蓮霧開花，看蓮霧結果，看蓮霧一顆一顆掉落，鳥雀飛來啄食。這時就有貓來追逐鳥雀，鳥雀驚飛，貓又竄上樹幹高處，不一會兒抓了一隻壁虎下來。

我確定牠不是寵物，寵物大概不會上樹抓壁虎。但我也不確定牠是流浪貓。牠抓完壁虎就跑到我椅子邊，蹭我的腳，喵喵叫著，像是討食物吃。

「你不是有壁虎吃嗎？」我這句話，也顯然不是跟寵物說的。

我剛住進農舍不久，物件都還不熟，在廚房轉了一圈，看有什麼東西給牠吃。貓咪跟著我，機敏地跳上櫥櫃，嗅聞一個紙袋。

哇，竟然是一包貓飼料，牠的靈黠，果然看到我看不到的東西。

這農舍住過很多來池上的藝術家，他們也收養貓，自然留下了貓食。

這是我第一次照顧貓，第一次對貓好奇，吃完，牠沉睡，我就靜靜看牠。牠就睡在我畫桌的毛毯上，純白毛色，肚腹一邊有心型的灰斑。

心型灰斑貓第一次來，一住四、五天，我們相處很好。我沒有寵她(兩天後發現她是母的)。我吃飯，她跳上餐桌，巡視一遍，我的池上有機新米粥、玉蟾園豆腐乳、吉拉米代部落的鮮筍，她都沒有興趣，聞一聞，便在我餐桌上四腳八岔睡倒。

這時我想她不是流浪貓，她對人，包括剛認識的我，沒有戒心，容易放心在你面前這樣大剌剌睡去，沒有防衛警

我抄經，牠便一旁睡覺

戒。大疫期間，看到人都害怕防範。台北朋友坐捷運一咳嗽，周圍的人立刻散去，比看到鬼還緊張，「心無罣礙」談何容易。

院子裡也常有流浪貓來，我一踏出門，牠們跟我對望，一兩秒鐘，一溜煙逃走。那是沒有人豢養的流浪貓，不敢親近人。

這隻巡視我早餐的貓很親近人，我把她睡覺的樣子拍照下來，放在臉書上，按讚人數破表，可惜我不競選，也不喜歡利用寵物。臉書好多留言，提供各種建議，關於結紮，關於防疫，關於貓砂，關於貓食，愛貓族立刻慫恿我收養，一連好幾天追問：名字取好了嗎？

但是，我還是猶疑，如果她不是流浪貓，是有人豢養寵愛的貓，我的介入可能不宜。

我沒有取名字，我猶豫著，我判斷她不是流浪貓，如果三級警戒結束，我要回台北，我也不希望她失去了在池上田野間逍遙的自由。

我判斷她是有人養的寵物，可能因為什麼原因，離家幾天，來農舍作客。我對她像是偶然「外遇」，如果取了名字，有隸屬關係，彼此都有牽絆，我還不習慣「寵物」的關係，牠來去自由，三級警戒以後我離開，沒有牽腸掛肚的捨得捨不得，我也來去自由。「無所從來，亦無所去，故名如來。」《金剛經》的句子真好。

她果然翩然而來，住幾天，又翩然而去。我不知道她從哪裡來，又去了哪裡。她來了，我們講幾句話，寒暄完，把飼料放進盤子，她也吃，但似乎不是因為飢餓，還是來我腳邊蹭來蹭去，一會兒就睡了。

我很喜歡這樣的關係，各自有各自的空間，她不厭煩我，我也高興有她睡在旁邊。沒有命名壓力，不是寵物，也不完全是流浪。

我們沒有特別溝通不良的問題，或者說，我們不需要太多溝通，她尊重我的生活，我也尊重她的行動自由，包括睡在我畫毯上，包括她喜歡在我用餐時嗅聞每一道菜。

只有一次，發生了溝通的問題，因為她早起，大約四

來覓食的貓咪

點鐘左右，她會喵喵跑來叫你，要吃東西。我夏天也起得早，但是四點還是太早了。我很認真跟她溝通，溝通要很溫柔，也很理性，勸說她可不可以睡在廊簷下，這樣不會吵到我。

有朋友不吃「韓國泡菜」的前車之鑑，我知道溝通要放下身段，我跪在地板上，儘量低著頭，不要讓她覺得我高高在上。高高在上，當然不是溝通，有點像霸凌。

我都有點被自己低聲下氣的聲音感動了，重複說了三遍，「要不要睡在外面廊簷下啊？」瞬間，她忽然舉起兩隻前腳，蒙在眼睛上，不再理睬我。

「哇，這是什麼態度……」我沒說出口，一時懂了我不吃泡菜的朋友心裡的荒涼悲哀。

她繼續四點吵我起來餵她，她繼續幾天來，幾天消失不見，來無蹤，去無影，像《聊齋》裡的女人。有人說《聊齋》是傳統文人的「性幻想」，有美麗女人晚上來陪伴，早上就不見了。當然，最好就是「早上不見」，早上還在就麻煩了。

《聊齋》滿足著心愛自由的浪漫男人的外遇幻想。這隻貓也讓我經歷了無牽無掛的一段美好緣分。

三級警戒的三個月，這一段堪比《聊齋》的農舍記憶，平平淡淡，除了唯一一次蒙起眼睛不搭理我，大部分時間我們是相敬如賓的。

蓮霧落了幾百顆之後，芒果結實纍纍，墜落地上，碰地一聲，汁液濺迸。我放下手中的書，貓也睡中醒來，看看寂寂庭院，無事，我繼續看書，新武呂溪的沖積平原可以看到好遠好遠，微風從南方吹來，水圳的水聲高高低低，大大小小，時快時緩，像一段催眠曲，她又閉眼入睡。

那個悠長的午後，記憶和遺忘都很模糊，像一個老去的夏日最後黃昏的慵懶遲緩。

芒果墜落後，龍眼樹結滿了密密的龍眼，疫情的警戒緩和了，我準備北返。最後幾天，在田裡走了又走，好像希望找到什麼，想遇見那隻許久沒有來農舍的貓吧，想再遇到可以陪我散步的那隻貓吧，因為沒有命名，我一路低低

很羨慕牠無罣礙的睡姿

呼喚的只是沒有任何意義的「喵咪」，覺得牠們會突然從隱沒的田野竄出來，「喵」「喵」來蹭我的腳。

她終究沒有出現，不因我的捨不得動心，我的捨不得要自己珍惜，自己排遣。

她睡覺時，我用抄經餘墨畫了幾張畫，隨手速寫，沒有章法，想念時便拿出來看一看。

抄經餘墨順手寫生

蔣勳《大疫畫貓除厲》

2021 | 水墨設色紙本 | 45×91cm

之二

五月至八月住農舍期間，來來去去龍仔尾的貓咪很多，前前後後大概有七、八隻。

有的與我親近，上我餐桌巡視，肆無忌憚，睡在我的畫毯上，喜歡跟我撒嬌討拍。有的陪我散步走路，卻不太進屋了。

也有的始終堅持做流浪貓，偶然躡手躡腳偷偷靠近我放在廊簷下的貓食，吃兩口，不幸剛好我走出去。牠們驚慌瞪視著我，我雖然儘量溫柔說「你好」，他們還是一溜煙快速逃走。

讓別人害怕，讓一個動物緊張驚慌，讓另一個生命不安，都不是愉快的事，也應該儘量避免。

法家政治裡有時強調「術」，帝王之術，其中包括威嚴，讓被統治的臣民害怕。

傳統戲劇裡，衙門審案，一開始就是兩旁衙役用虎豹的嗓音低吼「威武」。那聲音讓庶民百姓聞聲喪膽，不自主先矮了一大截，雙膝一軟，跪在地上，恐懼使頭腦一昏，有的沒的，大概什麼事情也都招了。

漫長的人類文明，「恐懼」成為統治的手段，成為轄制他人的手段，「恐懼」有時也成為許多族群生存的狀態，在恐懼中活著，因為「恐懼」，甘心等待被凌虐，被侮辱，被奴役。

傳統戲劇也不乏官員出巡，前端有「肅靜」「迴避」的牌子，儀仗森嚴，前後都是隨扈打手，老百姓只有敬而遠之。

需要別人怕你，需要別的生命在你面前恐懼發抖，原始生態世界都存在。

我不確定，文明的教養，善與慈悲，有一天是否能使生命與生命間有真正的平等與尊重，萬物並育，彼此互助，不相害，沒有恐懼。

曾經，白種人使許多有色人種恐懼；曾經，羅馬帝國讓基督教徒恐懼；曾經，基督教讓「異教」恐懼；曾經，伊斯蘭教讓基督教恐懼；曾經，納粹讓猶太人恐懼，日本讓東亞人恐懼……「恐懼」像一種因果，冤冤相報。

我用「曾經」，盼望都能過去。

二十一世紀，有新的恐懼在滋生蔓延，富人依然讓窮人恐懼，有權力者依然讓手無寸鐵的人恐懼。

我們終究可以「免於恐懼」嗎？我們終究可以擺脫「恐

懼」的因果嗎？讓他人或他者恐懼多麼可恥，人類有一天或許會了解：讓他人或他者害怕是自己多麼大的恥辱。

一隻黃貓，一隻黑貓，看到我，總是像看到鬼一般，與我對望，快速溜走。

被當成「鬼」一樣，畢竟是「被侮辱」的感覺吧……

舊俄作家杜斯妥也夫斯基使我震撼的小說是《被侮辱的與被損害的》。書裡描寫一名高貴軍官，在酒館喝酒。一個老乞丐模樣，衣衫襤褸、形銷骨立的老人瞪視著軍官。

軍官社會地位很高，他習慣受人尊敬。一個卑微賤民的「瞪視」，對高貴的軍官而言，是不敬的侮辱。

「多麼無禮啊……」

軍官因此斥責老人，老人一語不發，呆若木雞，繼續「瞪視」，眼神呆滯。

軍官憤怒極了，想拿鞭子抽打這老人。

軍官怒氣沖沖，咆哮著靠近老人。

在威武暴怒的軍官面前，老人忽然全身發抖，好像要訴說什麼，終究說不出話，口吐白沫，倒在地上死了。

那個故事我看了很多次，青年時看的，細節記不清楚了，只記得瀕臨死亡的老人空洞絕望的「瞪視」。

「被侮辱與被損害的」，老人暴斃前的「瞪視」，或者我的宅院裡貓咪害怕我的「瞪視」，是「被侮辱的」生命回報高貴世界的最後的詛咒嗎？

我想得太遠了。

然而那兩隻一見我就恐懼害怕的貓咪，的確讓我覺得自己是手拿鞭子的軍官，他的高貴、威權、矜持或傲慢，瞬間被侮辱了。

這個軍官，他此後一生都會記得那老人的「瞪視」吧，像他高貴莊嚴生活中一道難堪的瘡疤。那道瘡疤存在，高貴莊嚴總要不安。

「被侮辱與被損害」的生命只有用這樣讓你不安的「瞪視」回報侮辱他與損害他的世界吧。

在貓咪來來去去的幾個月間，我從牠們身上體會了「恨」，也體會了「愛」，體會了「恐懼」「逃跑」，也體會了

「信任」「依賴」。

無論是恨，或者愛，我都沒有為牠們命名，我仍然一律叫他們「貓咪」。「於一切有情無嗔愛。」經文上句子，大概是說對一切眾生，沒有嗔恨，也沒有愛戀。

親近我的，我說「貓咪，別吵我，還要睡一會兒」。恐懼我的，只有望著牠們逃走的身影說「貓咪，別怕，對不起，嚇到你……」

那是三級警戒時的池上龍仔尾，沒有遊客。在廣大的田野間走路，常常有兩小時，遇不到人。原來欠缺雨水的春天，農民們輪流三天放一次水灌溉，有時也用水車載水來補充，我也走到萬安村，有幾處農民鑿井準備抗旱。

農民們存活的意志很強，靠天吃飯，處處艱難，但畢竟度過了艱難的乾旱，一期稻作收割，收割機駛過金黃纍纍的稻田，又是一季豐收。

田土平曠安靜，白鷺鷥跟在收割機後吃蟲。收割完畢的池上，田裡留著條理分明的稻梗，一排一排，橫直都整齊有秩序，使人意識到農業文明嚴整一絲不苟的紀律。

不多久，七月中旬，要準備二期稻作了。耘田機在收割後的田裡來來去去，乾涸的土地翻起來，打碎稻梗混在土中，田地像鋪了一張鬆軟的絨毯。

我喜歡這時候跟貓咪出外走路，空氣裡有打碎稻梗散發的乾烈辛香的氣味，日光與植物的氣味。然後，聽到水圳

一期稻作在七月收割

開始放水了，嘩啦嘩啦的水流聲，隨著我和貓咪的腳步，像美麗的伴奏。我們一起走到盛開的紫薇花下，映著陽光，紫薇像紅蕾絲的紗，透明如寶石，搖曳在夏日一碧如洗的藍色晴空下。

水圳寬窄高低不同，水聲或急或緩，或高昂或沉滯，或清靈悠遠，或如笑如歌，是大自然裡書寫不完的曲譜。

貓咪和我都聽著，牠聽到的，或許比我更多。我總覺得，動物有我失去的很多本能，可以看到我看不到的世界，可以聽到我聽不到的聲音，可以嗅聞到我已經感覺不到的空氣裡雲或者風的氣味，雲和風裡，可以預知我無法預知的幸福或災難。

每天走路會有不同風景，今天遇到一株紫薇

我們走走停停。我停下來，牠也停下來，我行走，牠就跟在腳邊。

放水後的田，一方一方，像光明的鏡子，可以映照出山巒和白雲，映照出晴朗無一物的天空，或入夜前漫天如火燒一般赤赭金黃絳紅的晚霞，再晚一點，繁華消歇，光明的鏡子裡流淌著一綹一綹的月光。

二期稻作開始插秧，蓮霧和芒果都已落盡，只剩龍眼樹上果實纍纍。

大疫在世界各地蔓延，繁花繼續盛開，我們驚慌或不驚慌，我們耐煩或不耐煩，死亡不斷，生命不斷，不會為任何人的主觀意識停止前進。

我繼續抄經，寫到「眾生，非眾生，是名眾生」。想到沒有命名的「貓咪」，都叫貓咪，「於一切眾生無嗔愛」，因為都是眾生，愛的是眾生，嗔的也是眾生吧……

「於一切貓咪無嗔愛」，心有旁騖，寫錯了字，調侃自嘲。放下經文，給自己泡一壺新茶，知道無論嗔愛都還有許多功課要做，有時做得好，有時做得不好，也不急著做完。

一切如夢幻泡影，功課做完，或許也就是大夢初醒，夢醒時或哭或笑，或者啼笑皆非，或許已與此身無關了。

三級警戒慢慢緩和下來，七月，初插的秧苗好翠綠，點點新綠，襯著倒映水田裡的白雲藍天，天地呵護下的幼嫩生命，浩大天地捨不得不生養的嬰兒，平靜的龍仔尾歲月，我竟妄想可以這樣天長地久。

有一天，鄰居小妹妹愴惶抱一隻小貓來到宅院，哀求說：「可以收養牠嗎？」

我知道自己又掉進嗔愛的糾纏了。

傳統農家的確不太養貓，流浪貓在隔壁鄰居家生了一窩小貓，剛生產不久，被發現了，主人就把一窩小貓帶到山上棄養。

小妹妹搶救下一隻，怕阿公回來又要帶走，趕緊用毛巾包著，跑到我住的農舍門口求救。

「可以收養牠嗎？」我仍然記得妹妹無助無奈哀求的眼

「劫」總被當作「災難」「毀滅」，殊不知「劫」是以這樣無告無助的茫然眼神與你對望，放不下的時刻，放不下的心，也就是一「劫」。

人生一世，最深的愛，也就是一「劫」了吧！

「劫」被當作「苦」，人世習慣說「劫苦」，殊不知「劫」是這樣溫柔深情到讓人落淚。

《紅樓夢》寶玉黛玉初次見面，寶玉說：「這妹妹我見過的。」黛玉心中一驚，怎麼如此面熟。那便是他們生命裡的「劫」吧。

我與多少生命在「劫」中相遇，愛嗔糾纏，如同此時與我對望的這茫然無告的眼睛。

我的助理比我年輕一個世代，他比我勇敢，他在愛嗔裡沒有猶豫，很快回答說：「留下來，我照顧牠……」

在垂老時，面對生命的衝動，既使魯莽粗暴，我仍然嘆一口氣，希望自己可以有年輕世代的勇敢。

勇敢負擔弱勢者的照顧，勇敢去愛，而不是無知宣洩自己情緒的恨，無知站在對立的任何一方助長暴力與傷害。

那隻看著你讓你心痛的弱小生命，牠的眼睛，正是瞪視軍官的老人瀕死前最後的眼睛吧……

我恍惚覺得牠從遙遠的西伯利亞轉世來到了龍仔尾，來到疫情蔓延的此時此刻，讓我放下心理防衛與仇恨的鞭子，放下恐懼，再一次與自己和解。

小貓咪這麼弱小，我不確定牠是否能夠存活。牠顯然在失去母親呵護的恐懼中，孤獨茫然，看著這陌生而且不可理解的世界。

牠瑟縮發抖，炎熱的八月，牠是從心底感覺到存在的寒冷吧……

助理已經騎了摩托車，到處找「羊奶」。

「為什麼是羊奶？」

「初生的奶貓不能喝牛奶。」

我焦急萬分，感覺到毛巾覆蓋著的身體不正常的抽搐，然而聯絡到了池上以外的富里、關山，都找不到羊奶。

助理回來救急，把貓飼料用熱水泡軟了，一點一點餵進小貓口裡。池上養貓的朋友都關切了，讓我想到阿富汗美軍突然撤退時機場的嬰兒。

生命在危難時傳遞在許多人手中，不確定停止在哪一雙手中，影視上的畫面總是讓生命危難中的傳遞莊嚴如同教堂聖歌，或許，其實很難堪，很邋遢，很慌亂可笑。

然而，還是感謝，終於有人找到紐西蘭進口的貓奶，即刻讓我們鬆了一口氣。

所謂「貓奶」還是由牛奶淬煉的，抽取剔除了會傷害幼貓的「乳糖」部分，成為初生乳貓可以吸收的「貓奶」。

看到在懷裡開始吸吮奶汁的小生命，可以很放心看牠慢慢鼓脹起來的肚腹，看著牠蓬鬆有光澤的棕灰夾黑條紋的毛，看牠有力氣「喵」「喵」叫著，看牠一蹬一蹬在床榻上行走。

「好像後腿沒有力量，是瘸腿嗎？」

「剛出生都這樣吧……」

我們上網找了很多關於初生乳貓餵養的資訊，有了新的關心，看年輕助理拿著衛生紙在床上擦拭小貓四處留下的尿液，小貓也追著衛生紙團玩耍，忽然覺得悲劇也可能變成喜劇。

我的抄經工作停了好幾天，寫到「眾生」二字，還是會誤寫為「貓咪」。

「貓咪，非貓咪，是名貓咪」。

龍仔尾路口小小的福德祠

新插的秧苗翠綠明亮，在風裡飄搖，八月了，疫情有緩和的跡象，走過龍仔尾村口的土地祠，龍仔尾這樣一片清明，這是池上最小的土地祠，「福德祠」的「祠」寫成「詞」，也沒有人在意，我低頭合十敬拜。

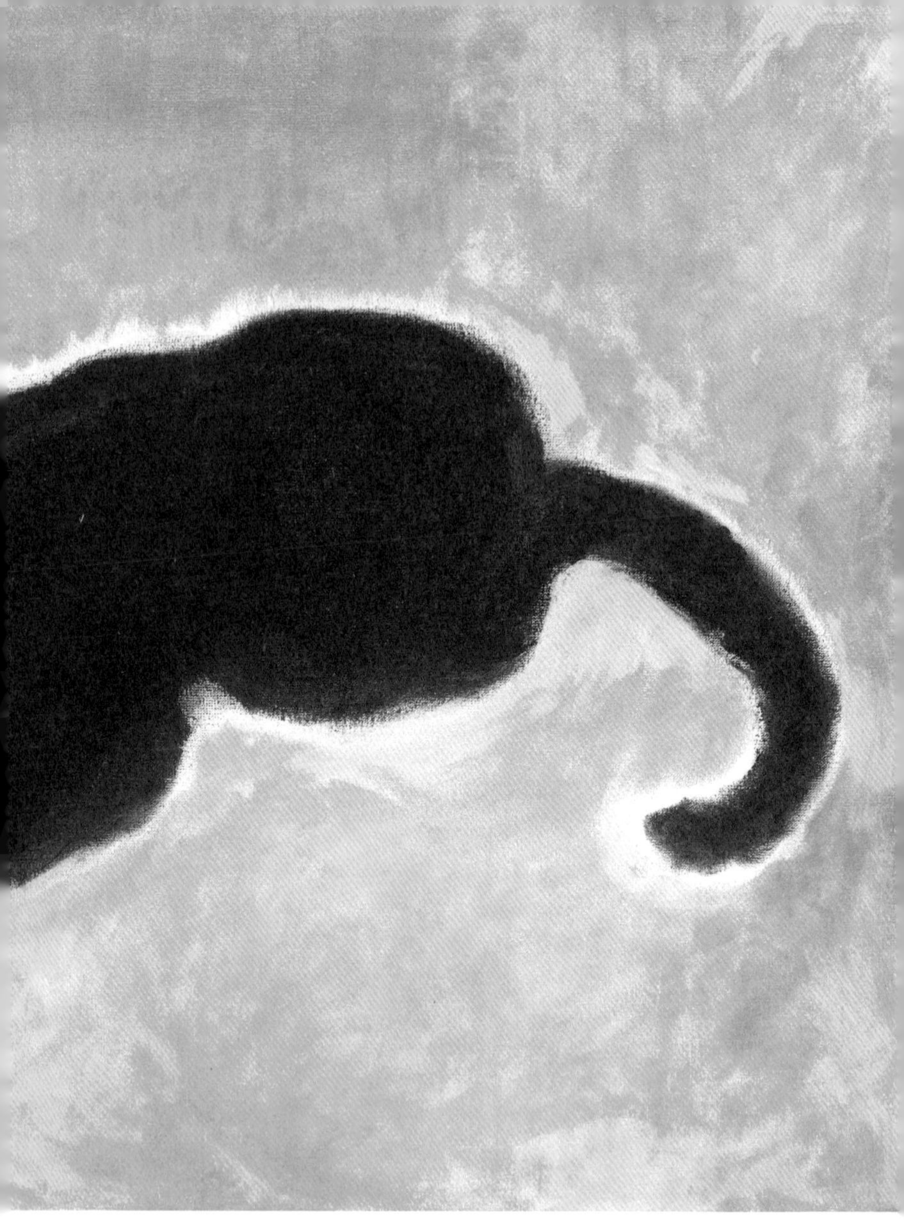

常常想念貓咪睡態

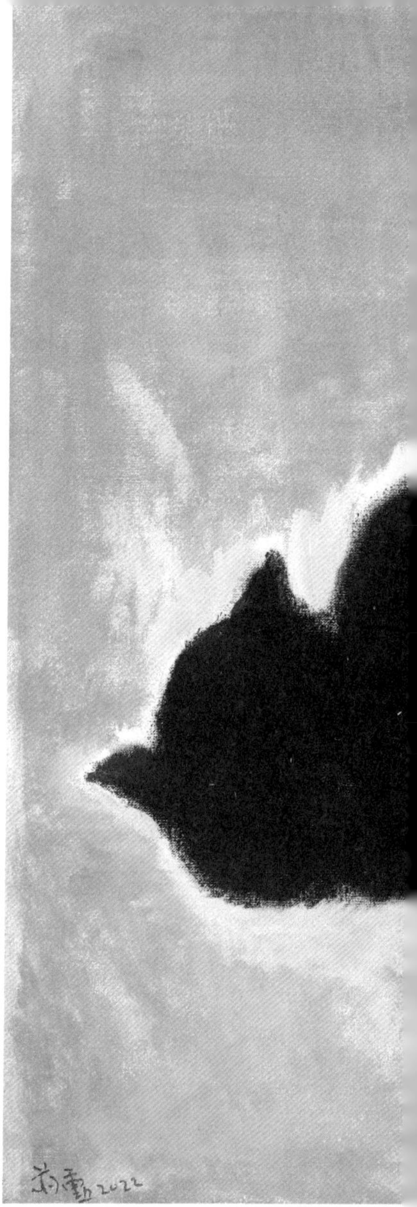

蔣勳《臥》

2022 | 油彩畫布 | 60×72.5 cm

之三

我並不確定生存的意義。
一定要確定，才能好好存活嗎？
或者，也可能只是活著，沒有任何意義地活著？
看著被棄養的乳貓，看牠嚴重漫漶的淚液，看牠的抽搐，看牠飢羸的身體，體會很苦澀的「實無一眾生得滅度」的誠實而勇敢的宣告。

然而，活著，好像總是要虛構或捏造許多「意義」，讓「活著」彷彿可以理直氣壯，煞有介事。

牠真的活了下來，讓為牠擔憂的旁觀者喜極而泣。

我還是不確定那喜極而泣是不是自己虛構或捏造出來的幻象，或者只是自小習慣的一種淺薄的勵志故事的翻版。

新聞二十四小時播報阿富汗的危機，如果我此刻在美國軍隊突然撤退的阿富汗，如果我此刻在俄羅斯轟炸的烏克蘭，我也必須虛構或捏造讓自己好好活下去的意義嗎？

但是，美國軍隊為什麼來了？又為什麼突然走了？冥冥中的因果，誰能夠透徹深究？

俄羅斯的軍隊為什麼發動攻擊？原來平和的農村，為什麼突然妻離子散？

那些叫做「人民」的，究竟是真實的「眾生」，或者，只是一個空洞捏造出來的毫無意義的名詞？對於突然讓軍隊進攻或撤退的統治者，「人民」有什麼實質意義嗎？

遊戲的規則是我們必須選擇一邊，然後你死我活。

人類找不到可以一起活下去的方式嗎？

龍仔尾的農舍沒有電視，但還是會有點憂心忡忡在手機裡看著各國轉播有關阿富汗的畫面，大部分是ＣＮＮ或ＢＢＣ，我看不到偏遠弱勢地區的電視，我聽不到偏遠弱勢者的聲音，真正「人民」的聲音。也許他們已經習慣沒有聲音，掩蓋在強大頻道波段的覆蓋下，偏遠弱勢地區的眾多眾生也習慣了沒有自己的聲音了嗎？

抱著初生嬰兒屍體的母親，抱著炸斷肢體的丈夫的妻子，他們都沒有聲音嗎？

縱谷嚴重乾旱的時候，西岸都會的頻道都沒有報導，社群網站上也有人放出萬安鄉鑿井抗旱的一則訊息，但很快被強勢的網軍覆蓋了。

我看著縱谷天長地久，看著偏鄉一無怨言的眾生的勤勞安分，看著需要細心照顧的乳貓的微弱氣息。

感謝龍仔尾，護佑我的驚慌與無助。

過了幾天，小貓咪顯然強壯了，有力氣吮奶，吃飽了，在草席上跑跑跳跳，有時也呆呆看著席子上自己的影子，彷彿對活著還有點陌生。

院子裡還不時有流浪貓來，驚慌怖懼，在廊簷下逡巡，眼神閃爍，吃一點飼料，我要踏出門，就迅速逃跑。

牠們嘲諷著我的安逸吧，或者，瓦解我自以為的慈悲？

慈悲的意義是什麼？

在每一處砲火連天的戰場，在每一處疫病死者屍體焚燒的黑煙裡，慈悲，也許不如一顆槍彈吧，槍彈有真實的重量，有真實的穿透力，可以快速終結虛構捏造的生命意義。

每一個受苦的肉體都在等候那一顆槍彈來臨嗎？

在寵物和流浪貓之間，看著不同存活的方式，撒嬌討拍嫵媚，或機靈狡猾殘酷，目的都只是存活。

在大疫蔓延的時刻，在處處烽煙的世界，把存活的標準降到很低很低，低到看來毫無意義的存活也可以接受，我還有計較之心嗎？

或者，學會對看來毫無意義活著的肅然起敬。像魯迅小說裡的「阿Q」，對他「毫無意義活著」肅然起敬。

他們是真正「實無一眾生得滅度」的真實「眾生」吧。

小乳貓呆呆望著門外，我以為牠看到什麼。我總是覺得貓或其他動物，可以看到我看不到的世界。如同晴天時爬到石頭上看天空的烏龜，伸長脖子，彷彿聽到天空神諭般的語言。

我走出門，看到一隻以前沒有看過的流浪貓，最近總是在院子的角落逡巡。

牠和前幾隻流浪貓不同，流浪貓通常一看到我就一溜煙逃走。這隻貓卻停在原地，不逃走，也不靠近，只是與我對望。

這隻流浪貓體型比較大，常常躲在車子的底盤下。黑溜溜的圓圓眼睛睜得老大。牠目不轉睛，看著我，並沒有驚恐，只是很堅持不逃跑，不離開。

我把貓飼料的盤子放在靠近牠的地方，牠也不吃，仍然與我對望著，彷彿我們有宿世的契約沒有完成，然而，我抱歉地看著牠，「我真的不知道契約的內容啊……」

也許是每一個肉體和一顆陌生槍彈的契約，也許是一個肉體和以為無緣的病毒的契約。我們在好幾世代的流浪生死裡，究竟簽過多少契約，抵賴不掉，要在該償還的時候償還，要在該償還的地方償還。

我總記得牠烏溜溜的圓圓眼睛，那樣一動也不動望著我，不是為食物而來，不是為親近我而來，不是為復仇而來，所以，生命還有我不可知的慾求渴望嗎？

牠總是躲在暗處，所以我不容易看清楚牠身上的花紋色澤。偶然日影斜照，看到牠身上暗灰裡有深黑的條紋。

牠仍然蜷縮在車子底盤下，身型比一般的流浪貓壯碩，或者只是因為牠特別篤定堅持的神情讓牠像一座山，無法動搖。

三級警戒的嚴峻緊張稍微緩和了，我準備要回台北。看著滿地落滿的芒果，親暱的兩隻貓咪跑來腳邊蹭來蹭去，喵喵叫著，彷彿知道我捨不得。

捨不得的龍仔尾天空的白雲，捨不得的農舍前一望無邊的翠綠農田，捨不得的夏日帶著稻香的微風，捨不得的水圳裡如歌的水聲，捨不得的在眾鳥喧譁裡醒來的早晨，捨不得黃昏時大山巔一抹血紅的晚雲，捨不得夜晚天空點點的星光，捨不得胖嘟嘟在草蓆上亂跑亂跳的小乳貓，牠是開心的，把餵養牠的我們當成母親，沒有出來時棄兒般的奄奄一息的可憐相。

然而牠仍然會突然安靜下來，望著門外荒荒的白日，彷彿聽到前世的呼喚，靜靜想聽清楚，卻仍然不確定，席子上只是自己孤單的一片影子。

我猶豫著，如果離開龍仔尾，這隻乳貓要怎麼辦？

我一直有偏執，不太願意把動物圈養在小房子裡，如果不能全心陪伴，如果沒有更廣闊自然的環境讓牠們跑跳翻滾，總覺得虧欠了牠們什麼。

「寵物」或許更好是天地的寵物，如同我們自己的生命。

「寵物」，我提醒自己，「寵」不是「囚禁」。如果可以，盼望我的寵愛即是天地的祝福。

乳貓呆呆看著屋外一片空寂

祝福眾生，在孤獨來去之間，有多少前世的契約，能償還的，一一償還。或許，不再簽新的契約了，所以可以有一個沒有償還約束的來世，可以不結新的緣分。

這隻乳貓會是我新的緣分嗎？

我與牠戲耍廝鬧，偶然磨墨寫「無罣礙」三個字，還是心虛。

整理三個月寫字抄經的功課，還是覺得最後跑出這乳貓，也許是龍仔尾最難放下的心事。

如果能找到乳貓的母親多好？我心裡這樣想。

院子裡一直靜靜蹲伏著的流浪貓仍然不動如山，連續幾日，我竟不知道牠何時去吃食，何時去便溺。

也許，大役中貓咪來教我「無罣礙」的功課

有兩種不同的懸念，一種是擔心牠能否存活的乳貓的懸念，一種是車子底盤下守候什麼的流浪貓的懸念，兩種懸念都只是我自己的無知無明吧……在闃暗幽深茫昧的生之長途，不知因果，只有碎片斷裂的懸念，徒增煩惱，無濟於事。

想起青年時讀禪宗公案，讀到南泉普願禪師斬貓的故事，不知當時南泉是否也有放不下的懸念？

啊，離開耽讀禪宗公案的年齡很遠很遠了。

大學時有很長一段時間喜歡《六祖壇經》，接著就愛看《景德傳燈錄》、《指月錄》。

唐代禪宗六祖是中國佛教信仰的一次大革命，接下來五代、宋，禪宗「喝佛罵祖」，顛覆叛逆，打破信仰和思辨的桎梏，讓生命活潑潑回到現實生活的原點，不扭捏，不做作，一椿一椿「公案」，創造了語言白話，如同剝除咬文嚼字的宗教偽裝，赤裸裸袒裎相見。

南泉普願禪師（七四八～八三四），他姓王，有更通俗的民間稱呼叫「王老師」。

王老師「南泉斬貓」的故事流傳很廣，《祖堂集》、《景德傳燈錄》都有記載。可以讀一下《景德傳燈錄》的原文：

師因東西兩堂各爭貓兒，師遇之白眾曰：「道得即救取貓兒，道不得即斬卻也。」眾無對，師便斬之。趙州自外歸，師舉前語示之。趙州乃脫履，安頭上而出。師曰：

「汝適來若在，即救得貓兒也。」

「公案」就是「公案」，文字語言瑣碎無用，許多人愛談禪，愈談愈離「公案」十萬八千里。

「公案」就是「現場」，回到現場，如同《金剛經》說的「還至本處」，無有是非。

「南泉斬貓」的公案，是東西兩堂僧侶為養貓起爭執，南泉抓起貓，要眾僧說出道理。說不出，就斬貓。

這樁頗聳動的「公案」，在整個東亞洲都產生影響。藝

日本畫家喜歡畫禪宗「南泉斬貓」的故事

術史上許多畫家畫過「南泉斬貓」。前幾年日本在南禪寺還展出大畫家長谷川等伯畫的〈南泉斬貓〉，右手提劍，左手抓貓，驚心動魄。這張畫用來製作海報，引起更多現代人對這件公案的興趣。

我慶幸在龍仔尾餵貓沒有引起類似的爭執，我也問自己，若真回到公案現場，我會像「王老師」那樣決絕把貓兒一斬兩段嗎？

這段公案如果今天在社群網站公開，不知要如何群情激憤，猜測許多貓奴群情激憤，會把「王老師」一斬兩段吧。「公案」的結尾是南泉弟子趙州從外地歸來，知道這件事，一語不發，脫了鞋子，把鞋放在頭頂上走出門外。

王老師說：「你剛才如果在，就救得貓兒了。」

所以南泉真心是要救貓嗎？

所以群情激憤時是真心為「眾生」嗎？

在廣闊的龍仔尾最後的漫步，擔心小乳貓亂跑，會被附近野狗傷害。出門前會特別小心，把牠放在方盒裡，上面用有透氣孔的罩子蓋好，罩子上壓了一片沉重的卵石，確定可以無意外，放心在田野漫步。

出門時，體型碩大的流浪貓還在車子底盤下，眼瞪瞪看我。

南泉斬貓的故事許多高僧大德解說過，我沒有需要斬貓的猶豫、矛盾、痛苦，風和日麗，走在田野間，自有愜意。

也不必把鞋子脫了放在頭頂上，顛倒是非。

許多朋友關心小乳貓的下場，我難啟齒。

因為「公案」那天，我在外走了兩小時，兩小時後，回家，發現沉重卵石被推開了，盒子裡不見乳貓蹤影。

我驚慌了一下，但隨即發現那隻一直蟄伏在車子底盤下的大貓也不見了。

好幾天，牠不肯離開，其實不是與我的因果，而是有牠自己的生命牽掛嗎？牠是一直在等候可以營救乳貓的時刻嗎？

我不知道，離開龍仔尾前的最後幾天，在村子裡繞來繞去，很想有一點蛛絲馬跡，能知道乳貓和那隻大貓的下落。

然而一無所得，關心的人詢問，我支吾其詞，覺得斬貓的痛，和把鞋子放在頭頂的，荒謬一起送別我離開龍仔尾，離開與許多未命名的貓咪的「罣礙」之處。

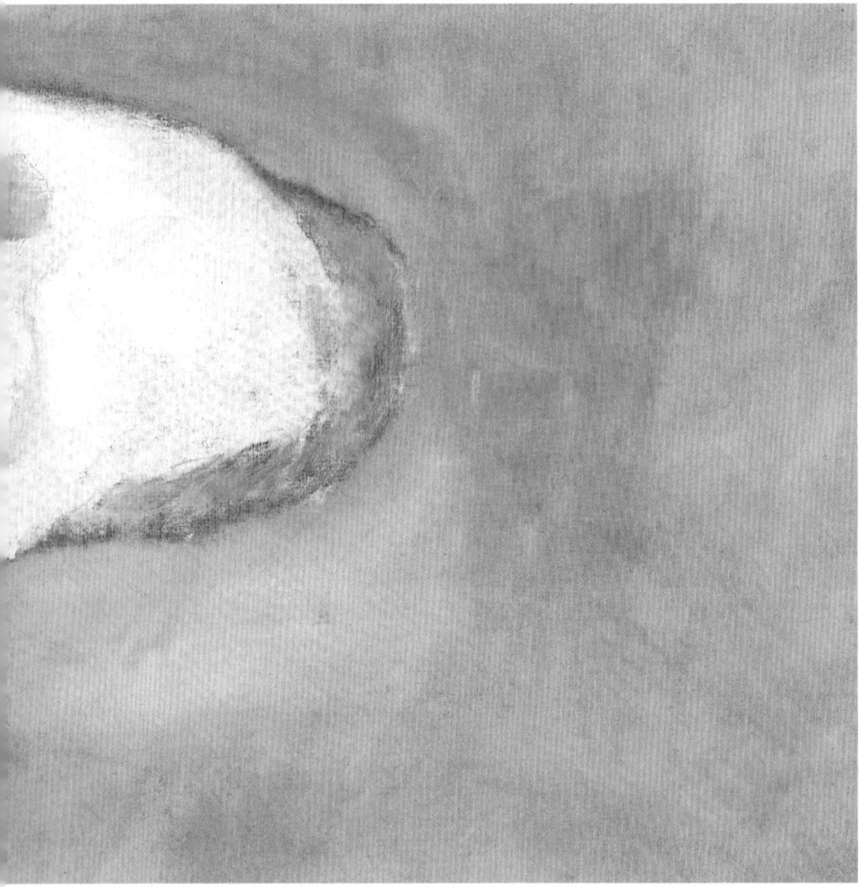

希望與貓咪一起度過疫情，眾生有天下太平的夢

蔣勳《午后的夢》

2022 | 油彩畫布 | 60×120 cm

後記。

池上沉默，但是腳踏實地，大災難前，連客氣禮貌也多餘。

我謹以此書向池上的土地和眾生致敬。

從二〇一四在池上駐村，剛開始，前一兩年，總急著畫畫。像要交作業，好像畫畫是唯一重要的事。

二〇一六在台東美術館展覽，交了作業。兩個大展廳，都是和池上風景有關的畫作。

畫展開幕，我就出國了。好像對邀請我的台灣好基金會有了交代，可以放鬆去休息一下。

在大阪附近的有馬溫泉住了一星期，看豐臣秀吉當年下棋的石桌棋盤。刻痕很深，卻不知道當年輸贏勝負如何。

谷崎潤一郎也住過有馬，似乎是養病，在那裡寫了淒婉絕望的愛情小說《春琴抄》。

一個盲眼的仕族女子春琴，孤獨度日，每天彈奏樂器。

她的生活全部依靠男僕佐助服侍。

春琴極美，但她看不見自己的美。

她脾氣傲慢暴躁，常常無故謾罵凌虐僕人。

佐助是唯一愛春琴的，和春琴學琴，也無限度接受春琴辱罵毆打。

那是谷崎潤一郎的愛吧……

最後佐助刺瞎雙眼，他要和自己愛的人一起進入黑暗的世界。

我在有馬谷崎潤一郎寫書的住宅外徘徊，記得山上桂花開得極好，有近紅色的丹桂，也有如月光的銀桂，都馥郁芬芳，想春琴在黑暗中也嗅得到這樣的氣味吧。

泡在溫泉池裡，一直思索：為什麼要急著畫畫？

池上永遠在那裡，海岸山脈的日出每天都在那裡，中央山脈的日落也在那裡。

插秧到結穗，結穗到收割，苦楝花開過，接著是木棉，木棉過後，夏天到了，荷花開滿大坡池，鳳凰花紅豔燦爛。九月末有紫色的水黃皮，十月欒樹黃花開完就結紅絳色的蒴果。

秋分以後，河岸田陌上飛起芒花。收割後的田燒起野煙，不多久，油菜花一片金黃。

池上沒有停止過容貌的轉變，池上的風景是一張人的臉孔，從嬰兒到童稚、少年、青年，一路走到壯年、中年，然後白髮蒼蒼。

池上的時間也便是終生的時間吧，從來不曾停留過，生，不停留，死亡，也不停留。

畫展結束，我還是在問：我為什麼急著畫畫？把畫收起來，把畫送去收藏者家裡。我又飛出國，覺得很累，好像繳完一份作業，又要交一份作業。

七月九日，飛機起飛，機場就關閉了。聽說是大颱風，尼伯特，我在國外，連著好幾天看東部的風災訊息。

我也和東部的徐璐聯絡。「怎麼樣？」「很嚴重……」

我們最後決定讓巴奈、那布幫忙，一家一家調查，看損失大小，從賣畫款項支付，讓部落受災家庭重建。

一直想當面向巴奈、那布致謝。夫婦兩人，開著車，幫忙上山下海，一個部落一個部落探訪，處理了許多事。

好像是尼伯特吹醒了我，眾生這樣生活著，「我為什麼急著畫畫？」

好像應該更急著好好生活，好好愛這個脆弱到隨時會在災難裡千瘡百孔的世界。

之後，再回池上，畫畫時間少了。有更長時間在田野裡走路，看雲慢慢升起，看日落時一分一秒變化的光，看明晃晃的月亮從東邊山脈稜線上出來。

不急著畫畫的時候，看到的風景是不一樣的。

不急著藝術，生活也會不一樣。

池上那塊土地，在不同時間有不同地區移民遷來，都是為了生活，沒有人為了藝術。

藝術何其奢侈！

二〇一八年池上有了美術館，觀光客愈來愈多。每年秋收都像節慶，熱鬧滾滾。

我原來落腳的大埔村，離車站不遠，走路十幾分鐘，車站前面是中山路，也是鄉鎮中心，觀光客大多擁擠在中山路上。有時候九天連假，中山路比台北西門町還要擁擠。

有時候想要逃離池上……

新冠疫情，二〇二一年，我搬進龍仔尾，距離池上熱鬧中心區最遠的邊陲。

沒有觀光客，疫情時間，很少接觸人，來串門子的多是貓，別家的貓，或流浪貓。

樹木很多，花樹果樹都有，寂寂庭院，果實落滿一地。很多人染疫，很多人死亡，世界惶惶不安。

貓咪陪著我讀經抄經。

我好像真的不急著畫畫了，夜裏無眠，希望有春琴的耳朵，聽得見暗夜裡水聲、草蟲聲，風聲，稻穀搖曳或月光初升，天地間有好多匆忙時錯過的聲音，此時都在身邊，我和貓咪一起靜靜聽著。

因此，我想留下一本小書，寫龍仔尾，寫貓，寫大疫期間的無所事事。

龍仔尾的貓咪陪我度過疫情三級警戒

整理這本書時，二〇二二年九月十七日，大地震。十八日再震，更大，震央在池上。

我連續詢問朋友平安，都有回覆。

只有梁正賢大哥，一直沒有回，心裡有點不安。

到二十日傍晚，他的簡訊來了，說「已經正常出貨了」。

我在池上和農民學習很多，他們話不多，都切中要點。

梁大哥有碾米廠、烘焙場，設備、器物，一定損失不少。工廠忙於修復，他無暇回覆詢問。「正常出貨了」是他處理完了所有災後的事，回報的第一句話。

池上沉默，但是腳踏實地，大災難前，連客氣禮貌也多餘。

我謹以此書向池上的土地和眾生致敬。

一切平安！

蔣勳　於二〇二二年秋分

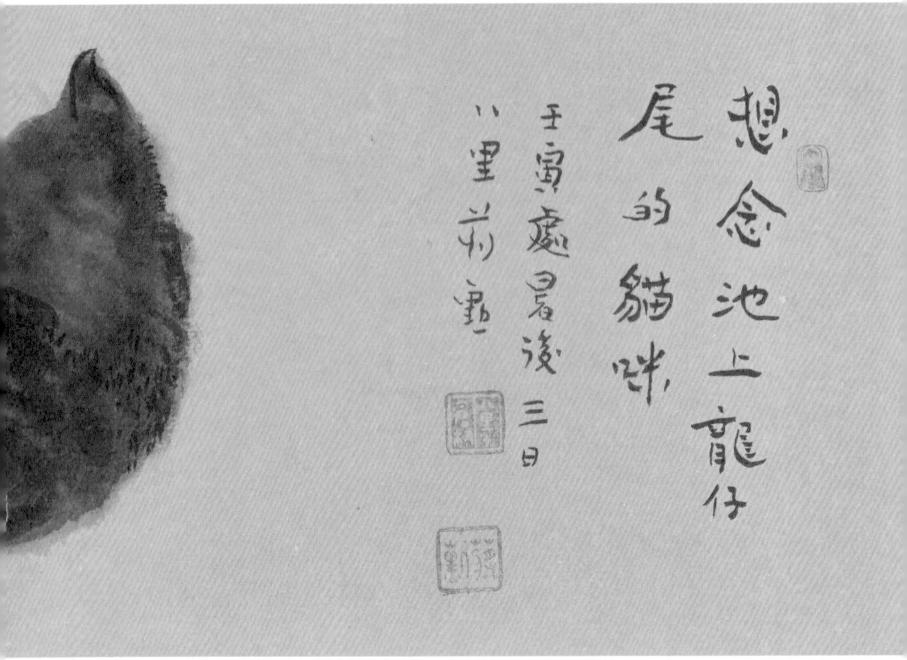
想念池上龍仔
尾的貓咪
壬寅處暑後三日
八里蔣勳

常常想念龍仔尾貓咪的自在

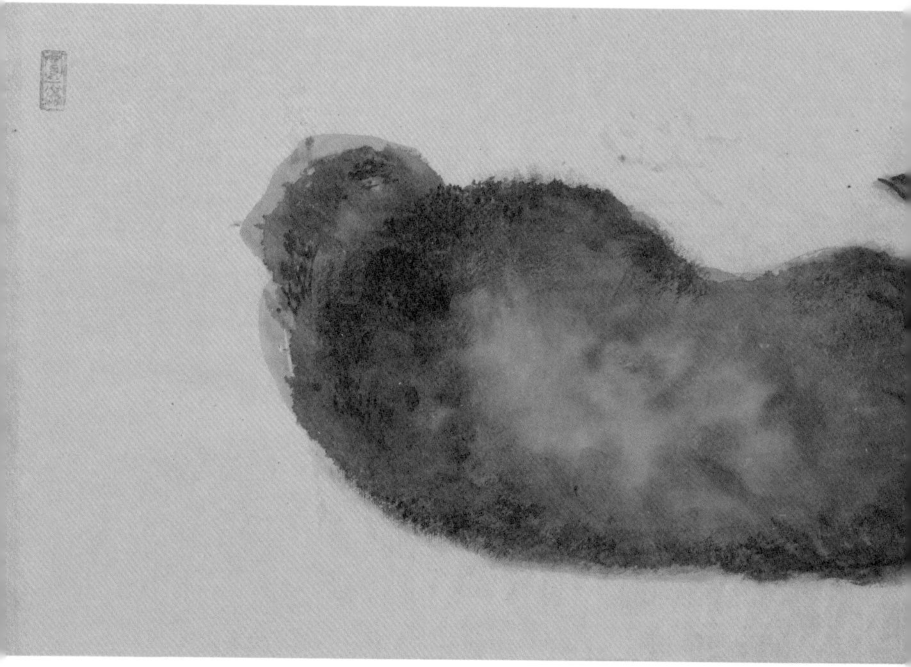

蔣勳《龍仔尾 · 貓》

2022 | 水墨設色紙本 | 25×76 cm

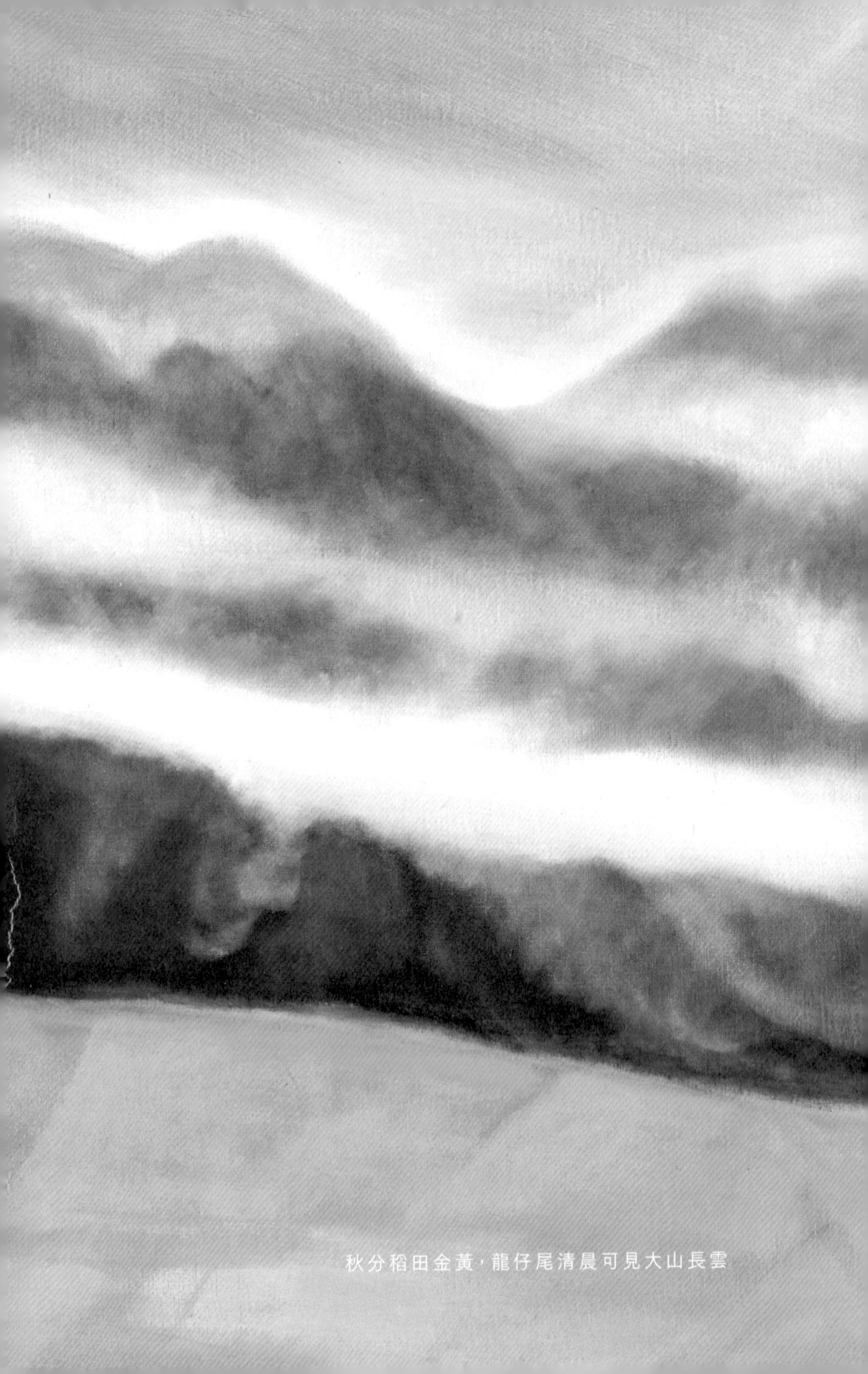

秋分稻田金黃，龍仔尾清晨可見大山長雲

蔣勳《秋分》

2022 | 油彩畫布 | 80×116.5 cm

龍仔尾・貓

看世界的方法 216

文字——蔣勳

照片提供——蔣勳、蕭菊貞、簡博襄、林煜幃

裝幀設計——吳佳璘

責任編輯——林煜幃、施彥如

董事長——林明燕

副董事長——林良珀

藝術總監——黃寶萍

執行顧問——謝恩仁

社長——許悔之

總編輯——林煜幃

副總編輯——施彥如

美術主編——吳佳璘

主編——魏于婷

行政助理——陳芃妤

策略顧問——黃惠美・郭旭原

郭思敏・郭孟君

顧問——張佳雯・施昇輝・林子敬

謝恩仁・林志隆

法律顧問——國際通商法律事務所

邵瓊慧律師

出版——有鹿文化事業有限公司｜台北市大安區信義路三段106號10樓之4

T. 02-2700-8388｜F. 02-2700-8178｜www.uniqueroute.com

M. service@uniqueroute.com

製版印刷——鴻霖印刷傳媒股份有限公司

總經銷——紅螞蟻圖書有限公司｜台北市內湖區舊宗路二段121巷19號

T. 02-2795-3656｜F. 02-2795-4100｜www.e-redant.com

特別感謝——谷公館 MICHAEL KU GALLERY

ISBN——978-626-96552-3-6

初版——2022年11月

定價——550元

龍仔尾・貓／蔣勳著—初版・—臺北市：有鹿文化，2022.11・面；13×19公分—（看世界的方法；216）

ISBN 978-626-96552-3-6（精裝）

863.55……………………111016880